당신의 신

김숨 소설

당신의 신

문학동네

차례

이혼 … 007

읍산요금소 … 067

새의 장례식 … 101

해설 | 양윤의(문학평론가)
불가능한 사랑의 그림자 … 155
—김숨, 『당신의 신』에 부치는 마흔아홉 개의 주석

작가의 말 … 197

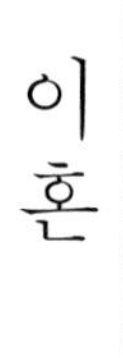
이혼

1

오래전 그녀는 이혼하는 꿈을 꾸었다. 그녀가 아직 고등학생일 때였다. 시험 기간이었고 책상에 엎드려 깜박 잠든 사이에 꾼 꿈이었다. 꿈에서도 그녀는 단발에 회색 교복 차림인 고등학생이었다. 그녀와 이혼하고 훌훌 돌아서던 남자는 남색 줄무늬 넥타이를 맨 중년 남자였다.

책상 위에 펼쳐진 노트에는 삼각함수 공식과 함께 에밀리 디킨슨의 편지 글귀가 낙서처럼 쓰여 있었다.

나는

이렇게 늦은 철에

복숭아를

손에 들었던 적이 없었지……•

평생 독신으로 산 에밀리의 묘비명은 "돌아오라는 부름을 받다(called back)"였다. 늦은 철 작고 수줍은 에밀리의 손에 들려 있었을 복숭아는, 그녀의 어머니가 세상에서 가장 좋아하는 과일이었다.

그러나 그해 여름이 다 가도록 그녀는 어머니의 손에 복숭아가 들려 있는 걸 보지 못했다.

그 이듬해 여름도 다 가도록.

그리고 수년이 흘렀다.

남색 줄무늬 넥타이를 맨 남자와 이혼하는 꿈을 꾼 적이 있다는 것을 그녀는 직장 동료들에게 고백했다. 점심을 먹으러 들어간 만두 전문 식당에서였다. 그들 속에는 영미 선배도 있었다. 영미 선배는 그녀의 꿈 이야기에 별 흥미를 못 느

• 앤 카슨의 『빨강의 자서전』(민승남 옮김, 한겨레출판, 2016)에서 발췌 인용.

끼는 듯 만둣국 국물을 가만가만 떠먹기만 했다. 꿈을 꾸고 났을 때의 기분이 어땠는지, 프로이트 정신분석 강의를 한창 들으러 다니던 동료가 물었다.

"그냥…… 덤덤했던 것 같아."

하지만 어쩌다 지하철이나 버스에서 남색 줄무늬 넥타이를 맨 남자를 보면 그 꿈이 떠오른다고 그녀는 덧붙였다. 꿈속 남색 줄무늬 넥타이를 맨 남자가 자신의 아버지였다는 말은 하지 않았다.

2

204호 대기실에는 창문이 없다.

창문이 있어야 할 자리에는 대신에 문이 있다.

플라스틱 재질의 노란 등받이의자 오십여 개가 문을 향해 극장 좌석처럼 나열되어 있다. 빈 의자는 거의 없다.

난방을 세게 해 대기실 공기가 건조하고 더운 편이지만 그녀는 카키색 모직 코트를 벗지 않는다.

그녀는 오늘 이곳에 오지 않을 수도 있었다. 아니면 철식이 오지 않을 수도 있었다. 하지만 그녀는 이곳에 왔고, 철식도 왔다.

둘 다 왔다는 사실이 중요하다고, 그녀는 생각했다.

문이 열리고, 회색 모직 코트 차림의 남자와 갈색 니트 코트 차림의 여자가 걸어나온다. 벌겋게 상기된 남자의 얼굴과 다르게 여자의 얼굴은 담담하다. 치러야 할 걸 마침내 치른 얼굴인 여자의 손에는 종잇장들이 들려 있다. 자신들에게 쏠리는 시선들을 차갑게 뿌리치고 그들은 서둘러 대기실을 떠난다.

김성민씨, 서희경씨—

문 위에 설치된 스피커에서 차례로 남녀 이름을 호명하는 여자 목소리가 흘러나온다. 목소리는 낮지도 높지도, 가늘지도 굵지도 않다. 특별히 사무적이지도 그렇다고 상냥하지도 않다. 스피커에서 흘러나온다는 점을 제외하면 별 특색 없는 목소리다.

앞에서 두번째 줄에 앉아 있던 남자가 부산을 떨며 몸을 일으킨다. 그 옆에서 어깨를 움츠리고 있던 여자가 몹시 천천히 티눈이 뽑히듯 일어선다. 남자가 여자를 흘겨보고 문으로 성큼성큼 걸어간다. 여자가 뒤따라 들어가고 문이 닫히는 순간 그녀는 눈을 감는다.

문이 열리고 닫히는 소리, 차례로 남녀 이름을 호명하는 여자 목소리, 또다시 문이 열리고 닫히는 소리, 바닥이 납작한 슬리퍼를 질질 끌며 걷는 소리, 정수기 물 내리는 소리, 종잇장 간추리는 소리, 스테이플러 찍는 소리, 휴대전화 진동 소리……

그녀가 다시 눈을 떴을 때 대기실 시계는 열시 이십분을 지나고 있다. 그녀가 대기실에 도착했을 때 시계는 아홉시 사십분을 지나고 있었다. 철식이 도착한 것은 그로부터 삼십분이 지나서였다.

대기실 사람들 얼굴은 제각각이지만 표정은 어딘가 닮았다. 무심한 듯 불안하고 초초한 기색이 역력하다. 스마트폰을 들여다보거나, 허공의 한 지점을 멍하니 응시하거나, 다른 사람을 흘끔흘끔 곁눈질하는 사람들의 연령은 다양하다. 중학생이라 해도 믿을 정도로 앳된 여자부터 백발성성한 노인까지. 사람들이 서로 시선을 마주치지 않으려 조심하는 것이 그녀에게 느껴진다.

스마트폰 액정 화면에 눈길을 고정하고 있던 철식이 투덜거린다.

"일본에서는 사후 이혼이 유행이라는군. 정말이지, 극성이지 않아?"

그녀도 전날 신문에 실린 사후 이혼에 대한 기사를 읽었다. 일본에서 사후 이혼이 유행처럼 급속히 증가하고 있다고 했다. 말이 사후 이혼이지, 그것은 죽은 배우자와의 이혼이 아니라 배우자 가족과의 이혼을 뜻했다. '인척 관계 종료 신청서'를 담당 관청에 제출하면 죽은 배우자 가족들과 법적으로 남남이 될 수 있다고 했다. 사후 이혼이라는 말을 처음 인터넷 포털 사이트에서 접했을 때, 그녀는 죽은 배우자와의 이혼을 떠올렸다. 그러니까 산 사람과 죽은 사람의 이혼을.

"어차피 죽으면 끝인데 그렇게까지 해야 하나?"

"죽은 사람은 끝인지 몰라도 살아 있는 사람은 끝이 아니니까……"

"열한시 전에는 끝나겠지? 열두시에 약속이 있어."

철식이 그녀의 말을 무시하고 건조한 목소리로 중얼거린다.

"시간을 늦추거나 다른 날로 잡지 그랬어. 늦으면 어쩌려고……"

그녀는 어떤 약속인지는 묻지 않는다.

"이 분이면 끝난다던걸."

이 분, 이 분이면…… 중얼거리던 그녀의 눈길이 저절로 백발성성한 노인을 향한다. 노인 옆에는 와인색으로 염색한 머리를 과하게 부풀려 가발을 쓴 것 같아 보이는 노파가 앉아 있다. 그들은 그녀가 도착하기 전부터 대기실에 와 자신들의 차례를 기다리고 있었다.

저들은 얼마나 오래 부부로 살았을까?

사십 년? 오십 년?

속으로 자문자답하던 그녀의 눈꺼풀이 발작적으로 경련한다. 방금 막 한 가지 사실을 깨닫고는.

오십삼 년이었다. 자그마치 오십삼 년……

"신분증 제출 안 하신 분들은 제출하세요."

문 옆 책상을 파수꾼처럼 지키고 앉아 있는 남자가 대기실에 모인 사람들을 향해 말한다. 남자의 목소리는 고압적으로 느껴질 만큼 사무적이다. 그 남자는 청색 야구모자를 쓴 남자에게 몇 초간 쏘는 듯한 시선을 던진 뒤 책상 위의 종이를 간추린다. 야구모자를 쓴 남자는 내내 갈색 생머리 여자와 어깨를 맞대고 스마트폰을 들여다보며 키득거리고 있다. 옷차림과 분위기만 놓고 보면 평일 대낮 극장이나 카페를 찾은 대학생 커플 같다. 들떠 있는 듯 보이지만, 나쁜 짓을 저지르고 교무실로 불려온 학생들처럼 기가 죽어 있다.

스피커에서 또다시 남녀 이름을 호명하는 여자 목소리가 흘러나온다. 앞머리가 벗어진 남자와 그 옆 파마머리 여자가 의자에서 일어나 문으로 걸어간다.

벌써 아홉 쌍의 남녀가 들어갔다 나온 문에는 '204호 협의이혼의사확인실'이라는 팻말이 붙어 있다.

"우리는 도대체 언제 부르는 거야?"

경상도 억양이 강한 남자의 목소리는 대기실 모든 사람에게 들릴 만큼 크다.

생판 모르는 남자의 입에서 흘러나온 '우리'라는 말이 낯설다못해 폭력적으로 들려 그녀는 자신도 모르게 고개를 가로젓는다.

"우리는 도대체 언제 부르는 거야? 응?"

"우리 차례가 되면 부르겠지."

남자 옆 여자가 무뚝뚝하게 대꾸한다.

"그건 그렇고, 내 통장에서 다달이 빠져나가는 당신 종신보험금은 어떻게 할 거야? 이혼까지 한 마당에 내가 계속 내줄 수는 없잖아."

"알았어, 알았다고!"

남자와 여자가 나누는 대화를 들으며 그녀는 생각한다. 저

들은 언제까지 자신들을 우리라고 부를 수 있을까?

땅딸막하고 배가 불룩한 남자가 향수 냄새를 짙게 풍기며 대기실로 뛰어들어온다. 남자는 열차 칸을 잘못 들어온 사람처럼 머리를 거칠게 흔들더니 도로 나가버린다. 남자를 향해 손을 흔들던 여자가 벌떡 일어나 구둣발 소리를 요란하게 울리며 따라 나간다.

복도에서 남자와 여자가 실랑이하는 소리가 대기실까지 들려온다. 그 소리를 무시하고 철식이 갈라지는 목소리로 묻는다.

"잠은 좀 잤어?"

"조금……"

지난밤 일 분도 눈을 붙이지 못했다고 호소하고 싶은 걸 꾹 참고 그녀는 그렇게 중얼거린다.

*

칠 년 전 그녀는 유방암 초기 진단을 받았다. 유방 절제 수술 후 항암 치료를 받는 동안 철식은 남쪽 도시에 내려가 있었다. 조선소 비정규직 노동자들을 사진에 담는 작업을 하기 위해서였다. 일간지 사진기자에서 다큐멘터리 사진작가로 전향한 그는 부당해고 노동자나 비정규직 노동자들의 얼굴을 사진에 담는 작업을 수년째 해오고 있었다. 항암 치료가 끝나자 주치의는 그녀에게 방사선 치료와 호르몬제 복용을 제안했다. 암 재발을 막기 위한 불가피한 치료로, 호르몬제를 복용하는 동안 임신은 불가능하다고 했다. 호르몬제를 복용하기 시작하면서 생리 불순과 불면증이 찾아왔다. 두 시간 이상 숙면을 취하지 못하는 심각한 불면증에 시달리던 그녀에게 주치의는 정신과 치료를 제안했다. 정신과 의사 앞에서 불면증을 호소하고 돌아온 날 밤, 두 달 만에 남쪽 도시에서 돌아온 그가 지나가는 투로 그녀에게 물었다.

"치료는 잘 받고 있는 거지?"

적당한 대답이 떠오르지 않아 머뭇거리는 그녀에게 그가 새삼스레 물었다.

"참, 호르몬제는 언제까지 먹어야 한다고 했지?"

"오 년……"

"오 년? 평생 복용해야 하는 건 아니네?"

그리고 이튿날 그는 다시 남쪽 도시로 떠났다.

호르몬제를 복용중일 때 그녀는 사진작가 최의 전시회 오프닝 행사에 철식과 동행한 적이 있다. 다큐멘터리 사진작

가로 꽤나 이름이 알려진 최는 제자를 기르는 일에도 열성이었다. 행사 자리에는 최의 아내와 그들의 장성한 두 아들도 와 있었다. 초대한 이들에게 감사 인사를 하기 전 최는 자신의 아내에 대한 칭찬과 자랑을 늘어놓았다. 요조숙녀이자 현모양처인 아내가 시정잡배인 자신을 대신해 가정을 얼마나 잘 돌보았는지를, 두 아들을 얼마나 훌륭하게 키워냈는지를. 맏며느리로서 집안의 대소사를 챙기고, 시아버지의 병시중까지 마다하지 않은 아내에게 존경과 감사의 눈빛을 보내는 최를 바라보며 그녀는 질식할 것 같은 답답함을 느꼈다. 자신의 말처럼 시정잡배인 최가 여자 문제로 아내의 속을 펵 썩였다는 걸 그녀는 잘 알고 있었다. 훤칠한 두 아들을 양옆에 거느리고 서 있는 최의 아내가, 남편의 아이를 임신한 제자를 병원에 반강제로 끌고 가 중절 수술을 시켰다는 소문이 그녀의 귀에까지 흘러들어왔을 정도로.

공식 행사가 끝나고 전시된 사진들을 둘러보는 그녀에게 최의 아내가 다가왔다.

"우리가 이해해줘야지 어쩌겠어요."

"우리……요?"

그녀가 묻는 눈빛으로 최의 아내를 바라보았다.

"우리 아내들 말이에요. 우리 둘 다 힘든 남자를 남편으로 골랐으니 어쩌겠어요. 고리타분한 말이지만 팔자라고 해야 하나…… 남편이 아니라 아들이라고 생각하면 너그러워져요. 이해 못할 일도, 용서 못할 일도 없고요. 아들이 살인을 저질러도 끝까지 감싸고도는 게 어머니잖아요."

어머니 같은 존재가 되어주기 위해 결혼한 게 아니라는 말을 간신히 삼키고, 그녀는 사진에 눈길을 주었다.

야트막하고 푸른 언덕 위에 나신裸身의 여자가 검고 풍성한 음부를 드러내고 서 있는 사진이었다. '릴리트'라는 제목이 붙은 사진은, 최의 전작들과 다르게 초현실적인 분위기였다. 원근감을 최소화해 이차원적으로 표현한 사진 속 여자의 한쪽 다리가 의수라는 사실을 알아차리는 데는 일 초도 걸리지 않았다. 사진은 거부감이 들 만큼 작위적이었다. 다큐멘터리에는 실재적인 것과 예술적인 것이 내포되어 있다는 안드레아스 파이닝거의 말을 이해한다 하더라도.

집으로 돌아오는 택시 안에서 철식은 불쑥 불만스럽게 중얼거렸다.

"형수님을 좀 봐……"

최의 아내를 그는 형수님이라고 불렀다. 택시가 교차로에서 좌회전 신호를 받고 멈추어 섰을 때에야 그녀는 그 말의 의미를 이해했다.

택시에서 내려 볼펜심처럼 좁고 어두운 골목 안으로 걸어 들어가며 그녀는 철식에게 경고하듯 말했다.

"내게 강요하지 마…… 나는 그녀가 아니야."

그녀는 생각했다. '릴리트'라는 제목만 아니었어도 쇠의 사진이 그토록 끔찍하진 않았으리라.

릴리트는 유대 민담에 등장하는 인물로, 최초의 여자이자 아담의 첫 아내였다. 민담에 따르면, 하느님은 릴리트를 아담의 갈비뼈가 아니라 아담과 똑같이 흙으로 빚은 뒤 코에 생기를 불어넣어 만들었다. 그러니까 최초의 남자 아담과 최초의 여자 릴리트는 같은 모습이었던 것이다. 첫날밤, 아담이 동침하려 했지만 릴리트는 그의 밑에 깔리고 싶어하지 않았다. 자신과 같은 흙으로 만들어진 아담을 주인이자 남편으로 섬기기를 거부한 릴리트는 하느님의 노여움을 샀고 에덴 동산에서 쫓겨나 사탄이 되었다. 얼마 뒤 하느님은 흙이 아니라 아담의 갈비뼈로 여자를 만들었고, 그렇게 해서 최초의 여자이자 아담의 아내는 릴리트가 아닌 하와가 되었다.

*

그녀와 대각선으로 앉아 있는 여자가 초조하게 스마트폰을 만지작거린다. 파마기가 풀린 머리카락을 풀어헤쳐 스산한 분위기다.

대기실로 오기 전 그녀는 화장실에서 여자를 보았다. 여자는 세면대 거울 앞에 버티고 서서 스마트폰으로 누군가와 통화하고 있었다. 흥분한 여자의 목소리는 화장실 밖에까지 들릴 정도로 새되고 컸다.

"글쎄, 내가 남편하고 이혼하려고 한다니까 석구 선배가 대뜸 그러지 뭐야. 그러지 않아도 복잡한 인생 더 복잡하게 만들지 말고 어지간하면 참고 살지 그래. 어지간하면 참고 살라니! 웃으면서 한 말이 내가 들은 말 중에 가장 최악이라는 걸, 석구 선배는 알기나 할까? 어지간하지 않으니까 내가 이혼하려는 거 아니야? 달력 바꾸듯 일 년을 주기로 애인 갈아치우는 남편하고 백년해로라도 하라는 거야? 석구 선배가 페이스북에 올리는 그 글들은 다 뭐지? 페미니즘을 지지하는 글들 말이야…… 석구 선배는 그럼 지금까지 페미니스트인 척한 거라니?"

시선이 느껴지는지 여자가 목을 비틀어 그녀를 쳐다본다. 여자의 눈은 아이라인을 짙게 그려 짐승의 눈 같다. 겁에 질린 짐승의 눈.

얼결에 웃어 보이는 그녀를, 여자가 경고하듯 차갑게 쏘아본다.

"쉽지가 않네……"

언젠가 전화 통화 끝에 영미 선배가 혼잣소리처럼 내뱉은 말을 그녀는 얼떨결에 중얼거린다. 온전한 소리가 되어 나오지 못한 말을 여자가 알아들었을 것 같다.

여자의 입술에 경련이 일더니 벙긋 벌어진다.

"그러게, 쉽지가 않네……"

여자가 그렇게 중얼거리는 소리를 들은 것만 같아 그녀는 눈시울이 당기도록 눈을 크게 치켜뜬다.

*

십 년 동안 연락이 두절되었던 영미 선배를 그녀가 다시 만난 것은 재작년 여름이었다. 첫 직장이었던 P복지재단에서 일할 때 그녀의 사수였던 영미 선배는 수년 전부터 충북 영동에 내려가 살고 있었다.

그날 그녀는 영미 선배와 약속이 되어 있던 것도 아닌데 오후 반차를 내고 강남 고속버스 터미널로 가 영동행 표를 끊었다. 그 여름 폭염이 유난히 기승을 부려 과일가게마다 복숭아 짓무르는 냄새가 진동했다.

호르몬제 복용이 거의 끝나가던 그즈음 그녀는 근 일 년 만에 들어온 시 청탁을 거절했다. 그녀가 쓴 문장들은 시가 되어주지 못했다.

등단할 때 그녀는 아버지가 지어준 이름을 버렸다. 잡지사에 등단 소감과 함께 필명을 써 보내며, 그녀는 자신이 아버지가 지어준 이름을 버리기 위해 그토록 시를 쓰고 등단이라는 걸 하고 싶어했음을 깨달았다.

영동 터미널에서 내려 늦은 점심으로 김밥을 한 줄 사먹고 나서야 그녀는 영미 선배에게 전화를 넣었다. 십 년 만에 옛 직장 후배에게서 걸려온 전화에 영미 선배는 의외로 무덤덤했다.

"며칠 전부터 바람 쐬고 싶었는데 오늘 선배 생각이 문득 났어요. 선배가 영동에 내려와 살고 있다는 걸 선주 선배한테 들어서 알고 있었거든요…… 선배가 보고 싶기도 하고…… 선주 선배가 선배 연락처를 알려주었어요."

변명을 늘어놓듯 중얼거리는 그녀에게 영미 선배가 말했다.

"잘 왔어."

한 시간 뒤, 영미 선배와 그녀는 영동 읍내에 있는 카페에 들어가 있었다. 영동대학교 근처에 있다는 자신의 집으로 데려가려는 영미 선배에게 그녀는 커피를 마시고 싶다고 했다.

자신을 물끄러미 바라보는 영미 선배를 그녀도 물끄러미 바라보았다.

"선배가 어떻게 사는지 궁금했어요……"

영미 선배는 십 년 전 모습과는 사뭇 달라져 있었다. 십 년 전만 해도 없던 눈가와 입가 주름은, 다소 차갑게 느껴지기도 하던 그녀의 인상을 부드럽게 만들어놓았다. 긴 머리를 목덜미쯤에서 헐렁하게 묶고 자잘한 꽃무늬가 프린트된 하늘색 면 원피스를 입은 모습이 편하고 순박해 보였다. 그녀가 기억하고 있는 영미 선배는 무채색의 단순하지만 세련된 옷을 즐겨 입었다.

"진작 연락 못해서 미안해요."

"무슨 소리야. 내가 먼저 연락했었어야 하는데 면목이 없어."

영미 선배의 말이 미처 끝나기 전에 그녀는 자제력을 잃고 불쑥 말했다.

"선배, 미안해요."

"뭐가……?"

"이혼하고 힘들었을 텐데, 멀리했던 거……"

그게 벌써 십 년 전 일이라는 게 믿기지 않아 그녀는 잠시 말을 잇지 못했다.

"선배에 대한 안 좋은 소문을 들었어요…… 그 소문을 곧이곧대로 믿은 것은 아니지만……"

영미 선배가 해외사업부 고부장과 내연 관계라는 소문이 나돌기 몇 달 전 영미 선배는 이혼으로 직원들을 놀라게 했다. 그녀가 남편이나 결혼생활에 대한 불만을 다른 직원들 앞에서 실수로라도 흘린 적이 없었던 터라 더 그랬다. 영미 선배의 이혼 소식은 누구보다 그녀에게 충격이었다. 그녀는 영미 선배가 만족스러운 결혼생활을 하는 줄 알았다. 그녀는 영미 선배 부부와 광화문 근처에서 두 번 식사를 같이했던 적이 있는데, 그때마다 영미 선배의 전남편은 합리적이고 예의바른 사람이라는 인상을 주었다. 경우 바르고 단정한 영미 선배의 이미지는 이혼으로 한 차례, 추문으로 또 한 차례 길바닥에 내팽개쳐졌다. P복지재단 이사장은 여든다섯 살의 대형 교회 원로 장로로, 신년 조례 때마다 직원들에게 성경 속 계명을 지키며 살 것을 누누이 강조했다. 소문은 이사장의 귀에까지 들어갔고, 노발대발한 이사장은 영미 선배를 해고

했다. 소문의 두 주인공 중 여자인 영미 선배만 일방적으로 해고한 것은 부당한 처사였지만, 그것에 대해 아무도 문제 제기를 하지 않았다. 여자 직원이 절대다수를 차지하는 직장이었음에도 불구하고. 고부장은 해외 파견 업무를 자원했고 삼 년 만에 돌아와 P복지재단에서 운영하는 복지관 관장으로 승진했다.

"소문이 과장되었다는 걸 나중에야 알았어요……"

파견 업무를 마치고 돌아온 고부장은 뒤늦게야 삼 년 전의 소문에 대해 해명했다. 아니 땐 굴뚝에서도 연기가 나더라며 계면쩍은 웃음을 흘리는 그를 멀찍이서 바라보며 그녀는 생각했다. 영미 선배에게는 직장을 그만둘 만큼 치명적이었던 소문이 고부장에게는 구두 밑바닥에 들러붙은 껌이나 양복 바지에 튄 구정물에 지나지 않았구나, 하고.

"그때 왜 아무 해명도 하지 않았어요?"

그녀의 질문에 흔들리는 영미 선배의 눈동자에서 원망의 빛 같은 건 찾아볼 수 없었다.

"아무도 내게 소문에 대해 묻지 않았는걸."

"미안해요, 선배……"

"이혼하고 오 년쯤 지나 광화문 교보문고에서 그 사람을 우연히 보았어. 품에 아기를 안고 있더라. 재혼해 아이까지 낳았다는 소식은 들어서 알고 있었는데…… 그날 밤 이혼하고 처음으로 그 사람에게 전화를 걸었어…… 꼭 물어보고 싶은 말이 있었거든. 대답을 듣지 않고서는 제대로 살 수 없을 것 같아서……"

입이 마르는지 영미 선배는 물잔을 들고 얼음이 녹아든 물을 천천히 두 모금 마셨다.

"결혼할 때 그 사람이 내건 조건이 아이를 갖지 않는 거였어…… 부모 세대처럼 자식들 때문에 인생을 허비하며 살고 싶지 않다고 했지. 그렇다고 일방적인 요구는 아니었어. 백 년 뒤의 지구를 상상하면 끔찍했거든. 자원은 고갈되고, 기상이변이 속출하고, 식수난으로 매일 다섯 살 미만 어린이 팔백 명이 오염된 물을 먹고 죽어가고…… 암울하지만, 나는 내가 언젠가 아이를 갖고 싶어할 거라는 걸 알았어. 그 사람도 나이가 들면 자연스럽게 아이를 원하게 될 거라고 생각했는데, 결혼한 지 십이 년이 지나도록 달라지지 않더라고. 시댁 조카 돌잔치에 갔다가 돌아오는 차 안에서 아이를 갖고 싶다는 말을 처음으로 꺼냈어. 집에 도착할 때까지, 집에 도착해서도 아무 말이 없던 사람이 며칠 뒤 지나가는 투로 말하는 거야, 카레에 밥을 비비다 말고, 점심시간에 사무실 근처 비뇨기과를 찾아가 불임수술을 받았다고. 충격을 받았지만, 티를 내고 싶지 않아 밥을 꾸역꾸역 입안으로 밀어넣기만 했어. 아이를 갖고 싶다는 고백에 제 발로 비뇨기과를 찾아가 불임수술을 받은 사람이, 다른 여자와 재혼해 정관 복원 수술을 받고 남들처럼 아이를 낳아 살고 있었던 거야."

"……"

"부부가 뭔지 모르겠어. 그 사람과 내가 이혼한 게 꼭 자식이 없어서였을까? 어머니는 둘 사이에 자식이 하나라도 있었으면 이혼까지는 하지 않았을 거라고 하셨지만 정말 그랬을까? 어머니 말대로 이혼까지는 하지 않았을지 모르지만 그게 무슨 의미가 있는지 모르겠어…… 결혼해 사는 내내 수억 광년 떨어진 행성처럼 서로 겉도는 느낌이었거든. 주말부부로 살았던 것도 아닌데 말이야. 새벽에 잠에서 깨, 그 사람 손을 슬그머니 그러잡은 적이 한두 번이 아니었어. 옆에 누워 잠든 그 사람이 이생에서는 만날 수 없는 존재처럼 멀고멀게 느껴져서."

"……"

"친인척들과 친구들이 지켜보는 앞에서 결혼식을 올리고, 구청에 혼인신고를 하고, 사회적으로 떳떳한 부부가 되었지만, 십이 년을 사는 동안 온전한 부부로 살았던 날이 하루도, 단 하루도 없었다는 걸, 그 사람의 대답을 듣고 나서야 깨달았어."

그제야 그녀는 자신이 영동에 내려온 이유가 영미 선배에게 사과를 하기 위해서가 아니라는 걸 깨달았다.

'선배, 나도 이혼하고 싶어요.'

그 말이 목구멍에 심지처럼 박혀 입 밖으로 나오지 않았다.

'이혼하고 싶은데 너무 두려워요.'

그 말 역시.

"혼자 사는 거 힘들지 않아요?"

"나쁘지 않아. 괜찮아……"

"무슨 일, 해요?"

"학습지 교사…… 퇴사하고 아직 서울에 살 때 초등학교 앞에 교습소를 냈었어. 내가 나이가 있으니까, 학부모 하나가 끈질기게 묻지 뭐야. 결혼은 했는지, 했으면 남편은 뭘 하는 사람인지, 아이는 몇이나 있는지…… 거짓말하고 싶지 않아서 이혼해 혼자 살고 있다고 사실대로 말했는데, 그게 학부모들 사이에 퍼졌어. 교습소에 다니던 아이들이 약속이나 한 듯 한꺼번에 발길을 끊더라고. 교습소 문 닫고, 일 년 동안 아무 일도 안 하고 지냈어. 그렇게 계속 살 수는 없어서 취직을 하려고 스무 군데 넘게 이력서를 냈는데, 면접에서 번번이 떨어졌어. 이혼한 경력이 그렇게 치명적일 줄 몰랐지. 그러다 감자탕집 유리문에 붙어 있는 종이를 봤어. 서빙 아르바이트생을 구한다고 쓰여 있더라고. 근무 조건을 물어보려고 들어갔는데 주인 여자가 당장 그날 저녁부터 일할 수 있겠냐고 묻지 뭐야. 그래서 그러겠다고 했지……"

"선배……가요?"

영미 선배는 소위 말하는 일류대 출신이었다. 대학을 졸업하던 해 P복지재단에 취직한 영미 선배는 당시 복지관 관장의 신임을 받았다. 깐깐하고 보수적인 관장이 영미 선배를 자신의 며느리 삼고 싶어했다는 것은 공공연한 소문이었다.

"먹고살아야 하니까…… 며칠 전에는 학부모가 간식을 챙겨주며 묻는 거야. 남편이 무슨 일을 하느냐고. 내가 당연히 결혼했을 거라고 생각했나봐. 그냥 독신이라고 했어. 혼자 살고 있다고…… 그나저나 어머니는 건강하셔?"

"내가 어머니 얘기를 선배에게 했었나요?"

"민정씨가 수습일 때였지? 근무 시간에 어머니 전화 받고 집에 급하게 갔던 적 있잖아."

*

그녀가 P복지재단에 입사한 지 두 달도 안 되었을 때였다. 예순 살인 어머니를 예순다섯 살인 아버지가 주먹으로 때려 고막이 터진 적이 있었다. 오전 열시쯤 전화를 걸어온 어머니는 아무 말도 않고 울먹이기만 했다. 불안해진 그녀는 영미 선배에게 허락을 구하고 서둘러 사무실을 나와 인천 집으로 향했다.

핏자국이 선명한 귀를 손으로 감싸고 부엌 바닥에 엎드려 있던 어머니가 흐느껴 울며 말했다.

"정말이지 네 아버지하고 그만 살고 싶다……"

고등학교 국어 교사이던 아버지는 중학교 졸업이 최종 학력인 아내가 자신보다 모든 면에서 부족하다고 생각했다. 집 안의 모든 결정권과 경제권은 아버지에게 있었다. 어머니는 생활비를 받아 쓰며 매달 숙제 검사를 받듯 아버지에게 가계부 검사를 받았다. 마음에 드는 스카프 한 장 살 여윳돈조차 아버지는 어머니에게 주지 않았다.

그녀는 일찌감치 결혼해 분가한 오빠들에게 알리지 않고 부모의 이혼을 준비했다. 시청역 근처 이혼 전문 변호사 사무실을 찾아가 이혼 상담을 받고, 이혼소송에 대해 알아보았다. 이혼할 경우 아버지의 재산과 연금의 일부를 위자료로 받을 수 있다는 그녀의 말에, 어머니는 눈을 동그랗게 뜨고 믿지 못하겠다는 눈빛으로 그녀를 바라보았다. 평생 자신의 명의로 된 통장 하나, 신용카드 한 장 가져보지 못한 어머니였다.

파자마 차림으로 거실 소파에 파묻혀 아홉시 뉴스를 보고 있는 아버지에게, 그녀는 이혼 서류를 내밀었다. 어머니는 식탁에서 가만가만 손을 놀려 콩나물을 다듬고 있었다.

서너 종류의 견과류가 그득 담긴 유리그릇으로 손을 뻗던 아버지가 이혼 서류를 흘끔 쳐다보았다.

"두 분 이혼 서류예요."

"뭐?"

"아버지하고 어머니, 두 분 이혼 서류요. 어머니가 이혼을 원해요."

그녀의 말이 끝나기도 전에 아버지의 얼굴이 금세 붉으락푸르락해졌다. 합의이혼이 어려울 경우 소송을 알아보려 한다는 그녀의 말에 흥분한 아버지는 유리그릇을 던졌다. 바닥에 떨어진 유리그릇이 산산조각 나며 그 안에 담겨 있던 견과류들이 어지럽게 흩어졌다.

"사십 년…… 사십 년으로도 부족해요?"

그녀는 아버지에게 따져 물었다.

"뭐?"

"사십 년을 욕하고 때리고 노예처럼 부리며 산 걸로 성에 안 차세요?"

"내 덕에 사십 년 동안 세상 무서운 거 모르고 호의호식하며 산 줄 알아야지!"

"아버지가 그렇게 나오시면 소송으로 갈 수밖에 없어요."

"네 어미 년이 시키던!"

아버지가 손을 뻗어 그녀의 머리채를 잡았다. 손아귀에서 놓여나려는 그녀의 얼굴을 주먹으로 때리기 시작했다. 그녀의 입술이 터져 피가 턱을 타고 흘렀지만 극도로 흥분한 아버지는 주먹질을 멈추지 않았다.

아버지가 그녀의 머리채를 놓아준 것은 비명 섞인 어머니의 목소리를 듣고서였다.

"때리지 말아요……!"

손에 식칼을 들고 서 있는 어머니의 어깨가 심하게 떨렸다.

"내가…… 내가 잘못했으니까, 때리지 말아요."

터져나오는 울음을 간신히 참으며 그녀는 어머니를 향해 고개를 흔들었다.

"내가 다 잘못했으니까…… 제발 때리지 말아요. 다 큰 애

얼굴에 멍이라도 들면 어쩌려고……"

"이혼하는 날이 네 어미 년 제삿날인 줄 알아라!"

아버지는 잡아먹을 듯한 눈빛으로 어머니와 그녀를 흘겨보고는 안방으로 들어갔다. 그녀는 그때까지도 식칼을 손에 들고 떨며 서 있는 어머니에게 다가갔다.

"엄마가 뭘 잘못했다고 그래…… 엄마가 뭘……"

"나 때문에……"

"엄마는 아무 잘못 없어…… 그러니까 그런 말 다시는 하지 마."

그녀가 초등학교 3학년 때 반 친구를 집에 데려온 적이 있다. 시험 기간이라 아버지가 평소보다 일찍 퇴근해 집에 와 있는 줄 모르고. 어머니는 그녀가 친구를 집에 데려오면 감자를 강판에 갈아 감자전을 부쳐주거나, 야채튀김을 만들어주었다.

그날따라 마당에도, 부엌에도, 마루에도 어머니가 없었다. 선풍기가 마루에서 저 혼자 돌아가고 있었다. 엄마, 하고 부르려는데 꼭 닫힌 안방 문 너머에서 짓눌리고 으깨진 어머니의 목소리가 들려왔다. 내가 잘못했어요, 잘못했어요……

아버지가 쥐약 먹은 개처럼 눈에 파란 불을 켜고 발광할 때마다 어머니는 잘못했다고 빌고 빌었다.

그녀는 이혼소송을 준비하며 어머니와 단둘이 살 집을 알아보고 다녔다. 그런데 이혼하는 데 가장 큰 걸림돌은 뜻밖에도 아버지가 아니라 어머니였다. 소송을 맡아줄 변호사를 만난 자리에서 어머니는 내내 입을 다물고 있었다. 결혼생활에 대해 어머니에게 이런저런 질문을 던지던 변호사는 난감해했다. 이혼소송을 청구하려면 누구보다 당사자인 어머니의 의지가 중요했다. 변호사 사무실을 나와 늦은 점심을 먹기 위해 들어간 냉면 전문 식당에서도 어머니는 고집스럽게 입을 다물었다. 희멀건 육수에 담겨 나온 냉면 가락을 말없이 건져 먹는 어머니를 바라보며, 그녀는 의심할 수밖에 없었다. 어머니가 실은 이혼을 원하지 않는 게 아닐까 하고.

"엄마, 아버지하고 이혼하고 싶었던 거 아니야?"

"……"

"엄마가 그랬잖아. 아버지하고 이혼하는 게 소원이라고."

"모르겠다……"

"왜 몰라?"

"그러게……"

"내가 중학교 2학년일 때던가. 엄마가 시장에 장 보러 갔다가 달리아 화분을 하나 사왔는데, 아버지가 돈을 함부로 쓴다며 초등학생 혼내듯 엄마를 혼냈잖아. 그때 엄마가 그랬잖아. 나만 크면 식모살이를 해 먹고사는 한이 있더라도 아버지하고 이혼하겠다고……"

눈빛을 흐리는 어머니를 바라보며 그녀는 뒤늦게 깨달았다. 스스로가 이혼을 원하는지 원하지 않는지조차 판단할 수 없는 지경까지 어머니가 가버렸다는 걸. 자신의 기분과 감정이 어떤지조차 모르는 지경까지 어머니가 가버렸다는 걸.

그녀는 유치원 선생이 아이에게 묻듯 어머니에게 물었다.

"엄마, 지금 감정이 어때?"

"응……?"

"엄마가 지금 느끼는 감정 말이야. 슬퍼?"

"……"

"행복해?"

"……"

"아니면 화가 나?"

"……"

"막 화가 나지 않아?"

"모르겠어……"

"화가 나 미칠 것 같지 않아?"

그러나 화가 나 미칠 것 같은 사람은 어머니가 아니라 그녀였다.

그녀는 자살을 생각할 만큼 이혼을 간절히 원하는 한 여자를 알았다.

항암 치료를 받으러 다닐 때 알게 된 여자로, 여자의 남편은 신도가 이천 명이 넘는 교회의 목사였다. 그는 늘 자신의 아내가 목사 사모로서 믿음과 기도가 부족하다고 생각했다. 아내가 신도들 앞에서 목사 사모로서 품위가 떨어지는 말이나 행동을 했다고 판단하면 아내를 조용히 목사실로 불렀다. 창 블라인드를 내리고 문을 잠근 뒤 손바닥으로 서너 차례 아내의 머리를 때렸다.

여자가 유방암에 걸렸다고 고백하자 남편은 대뜸 믿음과 기도가 부족해서 벌을 받는 거라고 비난했다.

당장 이혼하지 않으면 온몸에 암세포가 퍼져 죽을 것 같은 공포가, 심할 때면 일이 분 간격으로 반복되는데도 여자는 이혼을 못했다.

여자에게 이혼은 간단하지 않았다.

남편과의 이혼이 이천 명이 넘는 신도들과의 이혼이기도 해서.

모태에서부터 믿은 신과의 이혼이기도 해서.

여자는 믿음과 기도가 부족해 자신이 벌을 받는 것이라는 남편의 비난에서 헤어나지 못해 고통스러워했다.

얼마 전 그녀는 여자에게서 암이 척추로 전이되었다는 문자메시지를 받았다.

*

강일구씨, 임순임씨—

노인이 끙 소리를 내며 힘겹게 몸을 일으킨다. 옆에 있던 노파도 옷매무새를 가다듬으며 일어선다.

노인이 한쪽 다리를 약간 절며 문이 아니라 책상 쪽으로 걸어간다. 책상을 지키고 앉아 있는 남자에게 무언가를 묻는다.

"들어가셔서 판사님께 말씀하세요."

"……내가 할말이 있다니까!"

"글쎄, 판사님께 말씀하세요."

노인을 못마땅한 눈빛으로 바라보던 노파는 그새 문안으로 들어가버리고 없다.

"자그마치 오십삼 년이야……"

스마트폰을 들여다보던 철식의 고개가 그녀를 향한다.

"오 년도, 십 년도 아니고…… 오십삼 년을 부부로 산 거야."

그녀와 대각선으로 앉아 있는 여자가 갑자기 벌떡 몸을 일으킨다. 구둣발 소리를 울리며 복도로 나간다. 조금 뒤 여자의 악에 받친 목소리가 대기실 안까지 들려온다.

"어디야? 어디냐니까? 당장 택시 타고 와. 소송까지 가야겠어? 약속했잖아. 순순히 이혼해주겠다고 애들 보는 데서 각서까지 썼잖아! 평생 미친개처럼 내 치맛자락 물고 안 놔줄 작정이야?"

여자의 목소리는 흐느낌에 가깝다.

이혼소송을 청구해서라도 아버지에게서 어머니를 분리시키려던 그녀의 계획은 수포로 돌아갔다. 그녀의 끈질긴 설득에 어머니는 더듬더듬 말했다.

"너 결혼도 시켜야 하고, 부모가 이혼했다고 하면 남자 쪽 집에서 볼 때 흉이 될 테니까……"

"엄마, 엄마가 그렇게 나오면 나도 더는 엄마를 도울 수 없어……"

몇 달 뒤 그녀는 직장 근처에 원룸을 얻어 집을 나왔다. 용달차를 불러 자신의 짐들을 원룸으로 옮기던 날, 그녀는 아버지에게서 마침내 벗어났다는 해방감에 연신 탄성을 토했다. 그러나 어머니를 버리고 왔다는 죄책감에 기쁨은 오래가지 못했다.

그 말을 하지 말았어야 했다고 그녀는 뒤늦게 후회한다.
나도 더는 엄마를 도울 수 없다던 그 말을.

*

영동에 다녀오고 열흘쯤 지나 영미 선배가 그녀에게 전화를 걸어왔다. 그녀의 꿈을 꾸었다고 했다. 영미 선배는 꿈 이야기 대신에 감자탕집에서 일할 때 이야기를 덤덤한 목소리로 들려주었다. 술 취한 남자 손님이 갑자기 그녀의 엉덩이를 더듬어와 소스라친 이야기를, 감자탕 냄비를 나르다가 쏟은 이야기를, 이혼한 여자인 걸 알고 주인 남자가 치근덕거려 곤란했던 이야기를.

"식당 일 마치고 집에 돌아오면 자정이 지났어. 화장만 겨우 지우고 TV 앞에 멍하니 앉아 있다가 쓰러지듯 잠이 들었어. 자다가 새벽에 눈이 저절로 떠지면 여자로서만이 아니라 한 인간으로서 끝났다는 생각이 가장 먼저 들더라……"

"……"

"그즈음 조금 이르게 폐경이 왔거든……"

감자탕집에서 일하던 영미 선배의 모습에, 광주 은미식당에서 일하던 어머니의 모습이 조용히 겹쳐 떠올랐다. 감자탕집에서 일하던 영미 선배의 모습도, 광주 은미식당에서 일하던 어머니의 모습도 본 적이 없는데도, 두 여자는 그녀를 매개로 조우해 하나의 실루엣을 만들어내고 있었다.

"꿈에 내가 버스를 타고 어딘가로 가고 있었어……"

"버스요?"

"팔이 없는 남자가 모는 버스였어. 버스 표지판도 없는 곳에 버스가 섰고, 민정씨가 버스에 올랐어……"

그러곤 십여 초 동안 아무 말이 없던 영미 선배가 그녀에게 물었다.

"민정씨, 어떤 여자가 있었는데 어느 날 치매가 왔대. 자기 자신조차 잊어버릴 만큼 악화된 여자를 여자의 남편이 극진히 돌보았고. 그런데 기억을 잃어가던 여자가 과거의 남편을 찾아갔대. 사십여 년 동안 자신과 함께 산 현재의 남편을 망각하고, 사십 년도 더 전에 이혼한 과거의 남편을…… 사십 년도 더 전에 헤어진 과거의 남편이 여전히 자신의 남편인 줄 알고……"

"쉽지가 않네……"

그것이 삼십 분이 넘는 긴 통화 끝에 영미 선배가 마지막으로 한 말이었다. 십 년이나 지났지만 선배가 아직 이혼의 여진 속에 있구나, 하고 그녀는 생각했다.

그녀는 어머니가 아버지보다 오래 살기를 바랐다.

부디 하루라도 더 오래 살기를.

죽음뿐이라고 생각해서였다. 아버지라는 한 남자에게서, 어머니라는 한 여자가 벗어날 수 있는 길은.

그런데 그녀의 생각은 틀렸다.

*

어머니의 일흔번째 생일날 철식은 기념으로 사진을 찍어주었다. 그녀가 선물한 연분홍색 블라우스를 입고 노란 국화 화분 앞에 앉은 어머니는 카메라 렌즈를 좀처럼 응시하지 못했다.

철식이 카메라 셔터를 누를 때마다 어머니는 반사적으로 어깨를 움츠렸다. 한순간 어머니의 눈동자가 카메라 렌즈를 향했고, 철식은 그 순간을 놓치지 않았다.

흑백사진 속 정면을 빤히 응시하고 있는 어머니의 얼굴을 보고, 그녀는 자신도 모르게 감탄에 가까운 탄식을 내질렀다. 사진 속 어머니의 얼굴이 자신이 생각했던 것보다 훨씬 슬픈 얼굴이어서. 슬픔이 깊어지면 감탄을 자아낸다는 걸, 어머니의 얼굴이 그녀에게 가르쳐주었다.

어머니의 사진을 앞에 놓고 그녀는 철식에게 물었다.

"악랄한 포주처럼 자신에게 온갖 욕설을 퍼붓고 폭력을 휘두르는 남자의 아이를 갖고, 그 아이를 낳아 기른다는 건 어떤 걸까? 그런 여자들은 자신의 아이가 원망스럽고 저주스럽지 않을까? 더구나 아이가 아버지의 눈빛을 하고 있으면 그 아이가 끔찍하지 않을까?"

"누구 이야기를 하는 거지?"

"그것도 하나도 아니고 셋이나……"

오빠들의 눈빛에서 그녀는 종종 아버지의 눈빛을 보고는 했다.

그녀 자신의 눈빛에서도.

삼십 년도 더 전, 아버지는 자신의 첫 차인 은회색 르망에 가족을 태우고 강릉 경포대로 떠났다.

그것은 가족의 처음이자 마지막 소풍이었다.

경포대 횟집에서 아버지가 주문한 광어회가 나오자 어머니는 깻잎을 한 장 얼른 집어 광어 대가리를 가리듯 덮었다. 광어 대가리가 아가미를 벌름거릴 때마다 깻잎이 숨을 쉬듯 들썩였다.

아버지는 광어회를 안주로 소주 한 병을 다 비우고 운전대를 잡았다. 대관령 고개를 넘을 때였을까. 먹지처럼 캄캄한 도로 위에서 만난 푸른 야광의 눈동자를, 은회색 르망은 그대로 들이받고 내달렸다. 내내 아버지에게서 눈길을 거두지 못하던 어머니가 두 손으로 자신의 얼굴을 덮었다. 액셀 위 아버지의 발에 힘이 들어가는 것이 뒷좌석의 그녀에게도 느껴졌다.

은회색 르망이 터널을 통과할 때 어머니는 더는 견디지 못하고 울음을 터뜨렸다.

아버지가 주먹으로 운전대를 치며 소리쳤다.

"쌍년, 재수없게 울고 지랄이야!"

깻잎 밑에서 뛰고 있는 것은 아가미가 아니라 심장이었다.

어머니의 오그라든 심장이, 깻잎 밑에서 자맥질하듯 뛰고 있었다.

한때 그녀는 세상 곳곳에서 일어나는 크고 작은 폭력이 자신의 아버지에게서 비롯된 것 같은 망상에 시달렸다. 세상 모든 폭력의 근원이 아버지 같았다. 심지어 이슬람 극단주의자들에 의해 자행되는 폭탄 테러도 아버지에게서 비롯된 것만 같았다.

*

법원에 이혼 서류를 제출하던 날 철식이 그녀에게 물었다.

"나는 고아가 되는 건가?"

"고아?"

그녀가 되물었다.

"고아……"

그의 일그러진 얼굴을 주먹으로 갈기고 싶은 충동을 억누르고 그녀는 물었다.

"그게 마흔일곱 살이나 먹은 남자가 할 말이야?"

*

그녀의 바람대로 어머니는 아버지보다 오래 살았지만, 아버지가 죽고 어머니의 몸과 영혼은 급격히 무너졌다. 고혈압과 뇌출혈이 한꺼번에 왔다.

어머니가 뇌수술을 받고 병원에 입원해 있는 동안 그녀는 어머니 곁을 지켰다. 그녀는 자신 역시 유방암 수술을 받고 호르몬제를 복용중이라는 사실을 어머니에게 털어놓지 않았다. 아버지와 어머니의 이혼이 불발로 끝난 뒤로, 그녀는 어머니와 화해하지 못하고 있었다.

사 인용 병실에 어머니와 그녀 둘만 남겨졌을 때였다. 그녀는 젖은 가제 손수건으로 어머니의 손을 가만가만 닦고 있었다. 잠든 줄 알았던 어머니가 천장을 향해 눈을 뜨더니 꿈을 꾸는 듯한 목소리로 말했다.

"네 아버지에게서 도망쳤었다……"

"……언제요?"

"두 번이나……"

"언제, 언제요?"

"결혼하고 일 년 못 돼서."

새의 발처럼 앙상하고 섬세한 어머니의 손에 힘이 들어

갔다.

"친정 부모에게서도 들어보지 못한 욕을 해대고, 사람을 개돼지 취급하는 남자하고 도무지 못 살겠더라. 정이 있는 것도 아니고…… 빨래해 널고 집을 나와 김천 친정으로 갔지. 그 시절에는 인천서 김천까지 가까운 거리가 아니었다. 환할 때 나섰는데 해가 떨어져서야 친정 대문에 들어섰으니까. 못 살겠어서 왔다고 했더니 네 외할머니는 그저 고개만 끄덕이더라…… 그런데 글쎄, 네 아버지하고 나를 중매 선 당숙모가 어떻게 알고 나 몰래 네 아버지한테 연락을 했지 뭐냐. 내가 친정에 와 있다고……"

"그리고 또 한번은요?"

"네가 태어나기 전해에…… 그때 네 큰오빠가 열 살, 네 작은오빠가 아홉 살이었지. 네 할머니한테 네 큰오빠하고 작은오빠를 맡기고 집을 나와 무작정 고속버스 터미널로 갔다. 눈치가 이상했는지 네 할머니가 묻더라. 어딜 가느냐고. 시장에 조기 몇 마리 사러 간다고 거짓말을 하는데 떨려서 네 할머니 눈을 똑바로 못 보겠더라. 터미널로 가 되는대로 고속버스 표를 끊었는데 그게 전라도 광주행 표였다…… 막상 광주에서 내렸는데 아는 사람이 있어야지…… 터미널 근처를 배회하다가 백반 전문 식당에 들어가 일 좀 하게 해달라고 했더니,

주인 할머니가 그러라고 하더라. 식당 이름이 은미…… 은미 식당이었다. 네 오빠들이 보고 싶어서 밤마다 울면서도, 네 아버지가 싫고 무서워서 집에 가고 싶지 않더라……"

때마침 수술을 마친 환자가 병실로 돌아오는 바람에 어머니의 이야기는 더 이어지지 못하고 중단되었다.

간호사가 환자 보호자에게 일렀다. 마취에서 깨어난 환자가 도로 잠들지 못하게 옆에서 계속 깨우라고. 환자 보호자는 반백의 자그마한 남자로 간호사가 시키는 대로 했다.

"여보, 눈 좀 떠봐. 여보, 여보…… 고생했어…… 여보, 눈 좀 떠…… 수술은 잘됐대…… 아주 잘됐대……"

부러움이 담긴 눈빛으로 그들을 바라보던 어머니의 입이 가만히 다물렸다.

어머니는 퇴원 후 아들 집으로도, 딸 집으로도 가고 싶어 하지 않았다.

3

한 달이라는 이혼 숙려 기간 중에 철식은 조선소가 있는 남쪽 도시에 다녀왔다.

밤 아홉시쯤 어디선가 걸려온 전화를 받고 외출한 그는 자정이 넘어서야 그녀에게 문자메시지를 한 통 보내왔다. 급한 일이 생겨 심야 고속버스를 타고 남쪽 도시로 내려가고 있다는 내용의 문자였다.

사흘이 지나서야 남쪽 도시에서 돌아온 그는 홀연히 날아든 새처럼 식탁 앞에 앉아 있었다. 식빵 봉지와 오백 밀리리터 우유, 땅콩잼이 식탁 위에 널려 있었다. 그 옆의 탁상시계는 새벽 두시 십오분을 지나고 있었다.

"허기가 져서……"

그가 손에 든 식빵을 들어 보이며 허탈하게 웃었다. 집을 떠나 있는 동안 면도를 하지 않았는지 턱 주변이 거뭇거뭇했다. 냉장고에서 꺼냈을 식빵은 유통기한이 지난데다 차갑고 딱딱할 것이었다.

생각해보면 그는 늘 그렇게 홀연히 돌아와 있고는 했다. 주로 깊은 밤이나 새벽에 돌아와서는 며칠 굶은 사람처럼 먹을 걸 찾았다.

그녀는 잠긴 목소리를 가다듬고 물었다.

"만두가 있는데 쪄줄까?"

"그럴까……"

그녀는 냉동실에서 만두를 꺼내 찜통에 올렸다. 가스불을 켜고 전기포트에 물을 부었다.

전기포트에서 물이 끓어오를 때 그가 말했다.

"강인구씨가 죽었다는 소식이 왔어……"

그녀는 전기포트 속 물을 머그잔에 따르며 강인구라는 이름을 중얼거려보았지만, 자신이 아는 사람들 중에 그런 이름을 가진 사람은 없었다.

"그가 누구지?"

"조선소 비정규직 노동자. 내 모델이 되어주었던."

그가 덤덤한 목소리로 말했다.

"그의 아내라는 여자가 내 연락처를 수소문해 연락을 해왔지 뭐야. 영정으로 쓸 사진이 필요한데 내가 찍은 사진을 줄 수 없겠느냐며."

그러니까 그는 강인구라는 남자의 영정 사진을 그의 아내에게 전해주기 위해 남쪽 도시에 다녀온 것이었다.

"내려간 김에 발인까지 보고 올라오는 길이야."

그녀는 재스민 티백을 넣은 머그잔을 들고 그의 맞은편으로 가서 앉았다.

"육백 컷쯤 찍었을 거야, 그의 얼굴을…… 그가 조선소 비정규직 노동자가 되기 위해 면접을 보던 날부터였으니까. 그림자처럼 그를 따라다니며 얼굴을 찍고 찍었으니까. 구토가 나도록 그의 얼굴을 찍고 찍었으니까."

암이 발생한 자신의 왼쪽 유방 주위에 방사선이 조사될 때, 그의 카메라 렌즈 초점이 강인구라는 남자의 얼굴에 맞추어져 있었을 것을 생각하니 기분이 이상했다.

"조선소 하청업체 작업반장이 면접관이었어. 하청업체라 조선소 안에 별도의 사무실이 없어서, 구내식당에 딸린 매점에서 면접을 봤지. 작업반장이 그에게 물었어. '이 일을 얼마나 할 수 있겠소?' 그가 아무 말이 없자 작업반장이 내 카메라 렌즈를 흘끔 쳐다보며 투덜거리더군. '별의별 인간이 다 있어서 말이지. 반나절 만에 말도 없이 사라지는 인간이 있지를 않나, 작업복으로 갈아입자마자 못하겠다고 나가떨어지는 인간이 있지를 않나.' 작업반장이 그에게 다시 물었지. '어떻게, 할 수 있겠소?' 그가 고개를 끄덕였고, 그것으로 면접이 끝났어. 기술은커녕 초보자인 그에게 주어진 일은 선박 내부 전로에 전선을 고정시키는 일이었어……"

찜통에서 만두가 쪄지는 냄새가 났다. 그 냄새 때문에 그녀는 자신들이 있는 곳이 휴게소 같았다. 새벽의 고속도로 휴게소 식당에서 그와 마주앉아 있는 것 같았다. 탁상시계는 이제 새벽 세시를 지나고 있었다. 새벽 세시는 누군가에게는 너무 이른 시간이었고, 누군가에게는 너무 늦은 시간이었다.

그녀는 생각했다. 조금 뒤, 자신들은 차를 타고 다시 고속도로를 달릴 것이라고. 날이 밝아올 즈음 터널을 만나게 될 것이라고.

"그는 표정 변화가 거의 없는 사람이었어. 미묘하게 흔들리는 눈동자가 아니었으면 나도 모르게 그의 얼굴을 손으로 쥐어뜯었을지도 몰라. 그는 넉 달을 버티다 아무 말도 없이 사라져버렸어. 넉 달 동안 자신을 그림자처럼 따라다닌 나한테까지 말 한마디 없이."

그녀는 몸을 일으켰다. 가스레인지의 불을 끄고 찜통 뚜껑을 열었다. 만두를 접시에 담아 다시 식탁으로 돌아왔다.

"자신의 얼굴에 집요하게 카메라를 들이대는 내게 그는 자신에 대한 어떠한 이야기도 하지 않았어. 자신이 어쩌다 조선소 비정규직 노동자가 되었는지조차 말하지 않았지. 그 누구하고도 친해지려 노력하지 않았어. 어느 날 밤하늘에서 떨어진 유성처럼 그는 철저히 혼자였어."

푹 쪄진 만두를 집어 입으로 가져가다 말고 그가 말했다.

"어느 순간 그의 얼굴을 삼키는 것 같은 기분이 들었어…… 카메라 셔터를 누르는 순간 그의 얼굴을 삼키는 것 같은…… 못이 마흔 개쯤 박힌 것 같은 얼굴을."

그는 만두를 입에 넣고 한없이 느리게 씹었다. 그녀는 그가 입속에서 씹고 있는 게 강인구라는 남자의 얼굴 같았다. 그의 입을 벌리면 처참하게 으깨진 그 남자 얼굴이 침과 뒤범벅되어 들어 있을 것 같았다.

"영정 사진으로 쓸 사진을 전해주기 위해 그의 아내를 만나고 나서야 그에 대해 조금 알게 되었어. 사진만 전해주고 올라오려고 했는데, 빈소가 너무 썰렁해서 그럴 수가 없겠더라고. 누님 두 분이 계신데, 오래전에 독일로 이민을 떠났다고 했어. 발인 전날 그의 아내와 잠깐 이야기할 시간이 있었어. 내가 자신의 남편과 무척 각별한 사이인 줄 알았을 거야. 내내 빈소를 지켰으니까 그런 오해를 할 만도 하지. 그 여자가 내게 묻더군. 자신들이 별거중인 걸 알고 있었냐고."

"그들 부부는 어쩌다 그렇게 되었어……?"

"결혼 십 년 차까지는 남들이 부러워하는 부부였다더군. 그때만 해도 강인구씨는 굴지의 제철회사에 다녔었대. 쌍둥이 아들이 여섯 살 되던 해 그 여자가 아들들을 데리고 이 년 계획으로 호주로 어학연수를 떠났고…… 그런데 그 이 년 사이에 제철회사에 여러 일이 있었나봐. 계열사들을 인수, 합병하는 과정에서 대대적인 해고가 있었는데, 그 일을 그가 해야 했던 모양이야. 계열사 공장 근로자를 삼백 명 가까이 해고하는 과정에서 한 사람이 자살을 했고. 자살한 근로자의 아내가 돌도 안 지난 아이를 업고 그를 찾아왔었나봐……"

철식이 들려주는 이야기가 그녀는 어쩐지 낯설지 않았다.

"어학연수를 마치고 돌아왔을 때 남편이 백팔십도 다른 사람이 되어 있었다고 했어. 그 여자가 그러더군. 자신과 아이들이 호주에 있을 때 새벽 두시쯤 남편이 전화를 걸어온 적이 있다고. 남편이 앞뒤 설명도 없이 갑자기 호주로 이민 가 사는 것에 대해 진지하게 상의해와서 그 여자가 그랬대. 무슨 소리냐고, 정년퇴직 때까지 회사에 꼭 붙어 있으라고. 못해도 계열사 이사 자리까지는 올라가야 하지 않겠냐고. 아이들과 자신의 행복을 바란다면 쓸데없는 소리 말라고. 회사에 뼈를 묻을 생각이나 하라고."

"자신의 남편에게 무슨 일이 있었는지 그 여자는 몰랐으니까……"

그 여자를 두둔하는 말이 저절로 그녀의 입에서 중얼거려졌다.

"사표를 내고 퇴직금으로 주식 투자를 했다가 고스란히 날렸나봐. 앞집에서 경비실에 신고할 만큼 부부싸움을 크게 한 날, 남편이 가족사진을 전부 불태웠대. 욕실 문을 잠그고 세면대에서 한 장 한 장 전부…… 결혼식 때 찍은 사진까지……"

"그래서 사진이 없었던 거구나."

"그러게."

"다행이네. 당신이 찍은 사진이 있어서…… 당신이 찍은 사진이 그의 영정 사진이 되어주어서."

그녀가 한 번도 가본 적 없는 남쪽 도시를 생각하는 사이에, 아침이 밝아오고 있었다. 골목 어느 집 부엌에서인가 압력밥솥 추가 요란하게 돌아가는 소리가 들려왔다.

철식이 혀에 묻은 모래를 털어내듯 물었다.

"이혼을 꼭 해야겠어?"

"그 말…… 그 말 때문이야……"

"무슨?"

"영혼……"

*

그녀가 이혼 얘기를 처음 꺼낸 것은 삼 년 전 겨울이었다. 호르몬제를 복용할 때로, 불면증이 심해져 그녀는 삼십 분 이상 수면을 취하지 못했다. 한파 경보가 내려진 날 직장에서 송년 회식이 있었다. 자정 즈음 귀가한 그녀는 열쇠를 잃어버려 집에 들어갈 수 없었다. 철식의 휴대전화로 스무 통 넘게 전화를 넣었지만 그는 받지 않았다. 두 시간 넘게 그의 연락을 기다리며 빌라 계단에서 떨던 그녀는 이십사 시간 하는 롯데리아를 찾아 들어가 커피를 마시며 날이 밝기를 기다렸다. 사흘 전 시사 잡지의 기획 특집에 실릴 사진 의뢰를 받고 경북 밀양으로 촬영을 떠난 그는 그날 집에 돌아오기로 되어 있었다.

롯데리아 통유리 너머 텅 빈 횡단보도를 바라보며, 그녀는 결혼한 지 일 년쯤 돼 들어선 아이를 유산했을 때도 그가 곁에 없었다는 걸 기억해냈다. 욕실 천장에서 물이 샌다며 밤늦게 아래층 남자가 쫓아 올라왔을 때도, 보일러가 고장나 수리 기사를 불러야 했을 때도, 전세 기간이 다 되어 새로 이사 갈 집을 알아보러 다니던 동안에도, 유산 후 임신이 되지 않아 산부인과에서 불임 상담을 받기로 예약되어 있던 날에도. 그리고 얼마 후 그녀가 유방암 진단을 받았을 때도.

그녀는 그에게 묻고 싶었던 적이 한두 번이 아니었다. 사회적 약자들과 소통하며 그들의 고통을 낱낱이 사진으로 기록하는 작업을 하는 그가, 자신과 가장 가까운 존재의 고통에는 어떻게 그렇게 무감각할 수 있는지.

새벽 여섯시에야 연락을 해온 그는 전화가 걸려온 걸 몰랐다고, 며칠 더 그곳에 머물 계획이라고 통보하듯 말했다. 낮게 가라앉은 그의 목소리에는 술기운도, 잠기운도 묻어나지 않았다. 열흘 뒤에야 집에 돌아온 그에게 이혼 이야기를 꺼냈지만, 그는 자신과 한마디 상의 없이 현관 자물쇠를 자동키로 바꾼 것에 대한 불평만 늘어놓았다.

이혼을 원한다는 그녀의 요구를 그는 번번이 묵살했다. 혀가 꼬이도록 술을 마시고 들어온 날 밤, 마침내 따지듯 그녀에게 물었다.

"당신, 무엇을 위해 시를 쓰지?"

"무슨 말이야?"

"시 말이야. 무엇을 위해 쓰지? 응?"

그녀가 차가운 침묵으로 일관하자 감정이 격해진 그가 다그치듯 물었다.

"인간의 영혼을 구원하기 위해 시를 쓰는 것 아니었어?"

"영혼……? 나는 당신과 이혼하고 싶은 것뿐이야."

"그러니까 날 버리겠다는 거 아니야?"

"버리다니? 누가 누구를?"

"네가, 나를!"

"나는 지금 당신을 버리겠다는 이야기를 하고 있는 게 아니야. 당신과 이혼하고 싶다는 이야기를 하고 있는 거지."

"그게 그거 아닌가?"

"억지 부리지 마!"

"네가 날 버리는 건 한 인간의 영혼을 버리는 것이나 마찬가지야. 그러므로 앞으로 네가 쓰는 시는 거짓이고, 쓰레기야."

*

그녀가 초등학교에 들어가기 전, 어머니가 그녀를 데리고 김천 외갓집에 간 적이 있었다. 어머니의 생일이기도 하던 그날, 아버지는 마침 학교에서 2박 3일 일정으로 수학여행을 떠났다.

어머니는 김천 시외버스 터미널 근처 시장에 들러 미역과 소고기, 잡채 거리, 조기 몇 마리를 샀다.

그녀가 마당에서 혼자 사방치기를 하며 노는 동안 어머니는 부엌과 수돗가를 종종걸음으로 오가며 음식을 만들었다.

소고기미역국과 잡채와 노릇노릇 구운 조기가 올라온 생일상을 가운데 두고 외할머니와 어머니와 그녀, 그렇게 세 여자가 둘러앉았다.

외할머니 손에 숟가락을 들려주며 어머니가 말했다. 오늘 자신을 낳느라 고생했으니 배불리 드시라고. 그러니까 어머니는 자신의 생일날 자신을 위해서가 아니라 자신을 낳느라 고생한 외할머니를 위해 생일상을 차린 것이었다.

미역국에 밥을 말아 먹다 말고 외할머니가 문득 눈빛을 흐리며 옛날이야기를 들려주었다.

"앞산 너머 너머 마을에 두 다리가 없는 여자가 살았단다. 태어날 때부터 두 다리가 없는 여자였다…… 혼기가 차도 아무도 데려갈 생각을 안 하자 늙은 홀아비가 다리 없는 여자를 데려다 살았단다. 다리만 없다 뿐이지 여자가 얼마나 부지런하고 억센지, 남편이 지게에 져 밭에 데려다놓으면 하루종일 두 손을 호미 삼아 밭을 맸단다. 남편은 또 얼마나 위하는지 이가 버글버글하던 늙은 홀아비 얼굴에 때깔이 났지. 부부로 여섯 해를 살았을까? 일곱 해를 살았을까? 육이오 난리가 났지 뭐냐…… 난리통에 군인들이 마을에 나타나 빨치산을 소탕한다고 마을 사내들을 죄다 끌고 산으로 올라갔다…… 어스름이 질 즈음 산에서 콩 타작하듯 총소리가 들려왔지. 날이 밝고, 군인들이 마을을 떠난 뒤에야 여자들이 자식들을 이끌고 산으로 올라갔단다. 산천이 뒤흔들리도록 통곡하며 남편의 시신을 떠메고 내려왔지. 다리가 없는 여자는 자식을 못 낳았단다. 자식이라도 하나 있으면 산에 올라가 아버지 시신을 찾아오라고 시킬 텐데 말이다…… 속만 태우던 여자는 두 팔로 기어서 산에 올라갔단다. 시신들 속에서 피범벅인 남편의 시신을 찾아내 한 팔로 남편의 목을 끌어안고 다른 한 팔로 기어서, 기어서 산을 내려왔단다……"

"미역국이 다 식겠어요, 어서 드세요."

묵묵히 조기 살점을 바르던 어머니가 말했다.

미역국에 만 밥을 입으로 가져가다 말고 외할머니가 한탄했다.

"부부가 그렇게 무서운 거란다……"

외할아버지는 외할머니가 스물여섯 살 되던 해 세상을 떠났다. 외할머니가 외할아버지와 부부로 함께 산 햇수는 고작 육 년이었지만, 외할아버지의 제사를 지낸 햇수는 삼십구 년이었다.

외할머니가 들려준 이야기를 그녀는 스무 살 넘어, 육이오 전후 민간인 집단 학살을 기록한 책에서 읽었다. 외할머니가 들려준 이야기와 책에 기록된 이야기는 조금 달랐다. 하지만 육이오 전쟁통에 마을 사내들이 빨치산으로 몰려 국군에 의해 집단 학살을 당하고, 다리를 쓰지 못하는 여자가 팔로 기어서 남편의 시신을 수습해온다는 큰 줄거리는 같았다.

이혼을 고민할 때 그녀를 가장 혼란스럽게 한 사람은 철식도, 어머니도 아니었다. 외할머니가 들려준 이야기 속 다리가 없는 여자였다.

4

불멸할 것 같던 아버지가 세상을 떠난 날, 그녀는 생각했다.

신이라는 존재가 있다면, 그 신은 아버지에게 가장 존귀한 사람을 보내주었다고. 그런데 아버지가 그 사람을 가장 비천한 사람으로 만들어버렸다고.

아버지의 빈소가 차려지고 문상객들이 몰려오기 전, 그녀는 불현듯 생각나 어머니에게 물었다.

"엄마, 광주 은미식당에는 얼마나 있었어?"

"다섯 달이 조금 못 됐지…… 글쎄, 네 아버지가 식당으로 쑥 들어오지 뭐냐…… 남색 양복을 말쑥하게 차려입고 손으로 주렴을 걷으며 들어서는 네 아버지를 보고 기겁을 했지.

지금도 주렴 소리만 들리면 그때가 떠올라 심장이 벌렁거린다. 집 나와 떠돌던 개가 주인한테 붙들려 끌려가듯 네 아버지한테 꼼짝없이 붙들려 집으로 끌려왔지…… 그러고 얼마 안 돼 네가 들어섰다…… 귀신이 곡할 노릇이지. 은미식당을 네 아버지가 어떻게 알고 찾아왔을까? 네 외할머니한테도 내가 있는 데를 알리지 않았는데 어떻게 알고서…… 나는 그게 늘 수수께끼였다. 죽기 전에 네 아버지한테 물어본다는 걸 못 물어봤지 뭐냐……"

어머니에게는 광주 은미식당으로 숨어든 자신을 아버지가 찾아낸 것이 수수께끼였지만, 그녀에게는 아버지가 죽었을 때 어머니가 서럽게 울던 게 수수께끼였다.

발인 전날, 어머니가 아버지의 영정 앞으로 가더니 그 앞에 무너지듯 주저앉았다. 명주실 같은 울음소리를 내며 서럽게 울기 시작했다.

울음을 좀처럼 그치지 못하는 어머니에게 그녀가 따지듯 물었다.

"엄마, 왜 울어?"

"불쌍해서……"

"누가? 누가 불쌍해?"

"불쌍해……"

*

지난밤 그녀는 그에게 말했다.

"나는 당신의 신이 아니야. 당신의 영혼을 구원하기 위해 찾아온 신이 아니야. 당신의 신이 되기 위해 당신과 결혼한 게 아니야."

한 인간의 영혼을 버리는 것이나 마찬가지라는 비난을 들은 뒤로 시를 쓰지 못하고 있다는 말은 그러나 하지 않았다.

그녀는 알았다.

그가 한 말이 여전히 자신을 고통스럽게 한다는 걸. 오래 자신을 고통스럽게 하리라는 걸. 어쩌면 죽을 때까지 자신을 고통스럽게 할 수도 있다는 걸. 자신이, 자신의 영혼조차 어쩌지 못해 고통스러워하는 한 인간일 뿐이라는 걸 잘 알면서도.

"이혼이 나는 통과의례 같아. 나도, 당신도 피할 수 없는 통과의례. 시속 백이십 킬로로 고속도로 위를 달리다 만난 터널처럼……"

"그래……"

"나는 이혼이라는 통과의례가 내게 불행이 아니기를 바라……"

"그래야겠지……"

"당신에게는 더더구나 불행이 아니기를 바라고 바라……"

"그래, 그래야겠지……"

*

스피커에서 남녀 이름을 호명하는 여자 목소리가 흘러나온다. 철식과 그녀는 거의 동시에 몸을 일으킨다.

"우리가 마지막인가?"

철식이 문 쪽으로 발을 내디디며 조금 긴장한 목소리로 묻는다.

입속이 메말라 침을 모으던 그녀가 대답한다.

"아니, 저쪽에 한 쌍이 더 있어."

읍산요금소

읍산요금소 부스 문을 열고 나가면 곧장 복도로 이어질 것 같은 착각이 들 만큼 햇빛요양원 건물은 지척이다. 건축업자가 세 번이나 바뀌는 우여곡절 끝에 지난봄 개원한 햇빛요양원은 장례식장을 갖추었다. 게다가 그다지 멀지 않은 곳에 햇빛요양원 원장의 시동생이 한다는 화장터와 납골당이 있다. 햇빛요양원에 입소하면 침대에서 장례식장으로, 화장터로 그리고 마침내는 납골당으로 풀코스처럼 이어지는 것이다.

요양원이 들어설 터를 다지기 위해 벌목을 하고, 땅을 다지고, 구덩이를 파고, 철근 골조를 세우고, 콘크리트 반죽을 들이붓던 것이 엊그제 같다. 그녀는 읍산요금소 부스 안에서 그 모든 걸 지켜보았다. 콘크리트 반죽이 들이부어질 때 그녀는 그것이 자신의 머리 위로 부어지는 것 같았다. 자신이 시멘트와 물과 모래와 혼화제가 혼합된 반죽 속에서 영영 굳어버릴 것만 같았다. 햇빛요양원이 개원한 지 어느새 일 년 남짓. 그녀는 노인들이 자식들의 부축을 받으며 햇빛요양원 건물 안으로 드는 광경을 심심치 않게 목격했다.

타지에서 햇빛요양원을 찾아오는 이들 대개는 개찰구를 통과하듯 읍산요금소를 지나간다. 뒷자리에 침울하고 경직된 낯빛의 노인이 타고 있는 경우, 열에 아홉은 햇빛요양원을 목적지로 하는 차다. 읍산요금소는 그러므로 침대에서 무덤까지 풀코스로 이어지는 햇빛요양원에 입소하기 위한 첫 관문인 셈이다. 읍산요금소를 통과하려면 반드시 지불해야 하는 통행료는 몇백 원에서 만 몇천 원까지 천차만별이다. 그녀는 통행료 액수로 '노인'이 얼마나 멀리서 왔는지를 가늠한다. 통행료가 만 원을 넘으면 그녀는 승용차 안 노인의 얼굴을 한번 더 유심히 쳐다본다. 회귀回歸를 기약할 수 없을 만큼 너무 멀리까지 날아온 늙은 철새의 불안 같은 것이 노인의 얼굴에 깃들어 있는 걸 확인하기 위해. 고속도로를 주행한 거리에 따라 통행료가 매겨진다는 사실을 잘 알면서도 그녀는 어쩐지, 통행료가 천차만별인 것이 공평하지 않다는 생각이 든다. 햇빛요양원을 찾아오는 승용차들에 한해서는 통행료를 똑같이 매겨야 한다는 생각이다.

읍산요금소 앞으로 미끈하게 뻗은 도로는 숫돌 같다. 삼백 미터쯤 곧고 길게 뻗다가, 산을 끼고 다섯시 방향으로 완만하게 휘어진다. 도로는 대개 비둘기 날개 빛깔이지만, 번쩍하고 번개가 치듯 광채를 발할 때가 있다.

하이패스 구간으로 승용차 두 대가 추격전을 벌이듯 통과한다. 그녀는 자신이 갑각류의 껍데기처럼 뒤집어쓰고 있는 부스가 폭발하듯 흔들리는 것을 느끼고 눈을 질끈 감았다 뜬다. 하이패스 구간 어딘가에 통점痛點 같은 것이 있어서, 차가 그 지점을 지나가는 순간 읍산요금소 전체가 경기하듯 떠는 것 같다. 하이패스 구간으로 통과하는 차들은 대개 삼십 킬로로 속도를 줄이라는 규정을 어기고 달리던 속도 그대로 요금소를 통과한다.

숫돌에 식칼의 날을 가는 것 같은 소리와 함께 은회색 승합차가 요금소로 들어선다. 십일 인승 승합차에는 운전자인 사내 혼자 타고 있다. 그녀가 건네는 거스름돈을 받으면서 사내는 멀지 않은 곳에 고라니가 죽어 있다고 알려주고 떠난다. 송아지만한 고라니가 고속도로 한복판에 널브러져 있어서 하마터면 사고가 날 뻔했다고. 간혹 그렇게 고속도로 위에서 죽어 있는 고양이나 노루, 토끼의 위치를 알려주고 가는 이들이 있다. 한동안은 일일이 관리소장에게 보고했지만, 언제부턴가 그녀는 한쪽 귀로 듣고, 한쪽 귀로 흘려버린다. 차들이 시속 백 킬로대로 달리는 고속도로에서 죽은 짐승의 사체를 치우는 것은 쉬운 일이 아니다.

부챗살이 펴지듯 분산되던 그녀의 시선이 도시를 빠져나가는 차들을 향한다. 그 차들은 통행료를 지불하지 않는다. 도시로 흘러드는 차들만 통행료를 지불하는 것이다. 읍산요금소 부스 안 그녀는 살고 있는 도시를 외면하듯 등지고 앉아 있다. 도시를 등지고 앉아서, 도시로 흘러드는 차들을 맞는 것이다.

그녀가 삼 년째 정산원으로 일하고 있는 읍산요금소는 생긴 지 햇수로 오 년밖에 안 되었다. 도시에는 수십 년 된 요금소가 있었다. 읍산요금소가 생기면서 그 요금소는 폐쇄되었다. 육 년 전 그녀는 바로 그 폐쇄된 요금소를 통과해 도시로 흘러들었다. 폐쇄된 요금소 부스를 지키던 여자를 그녀는 기억하고 있다. 새빨간 립스틱을 칠해 입술이 닭벼슬 같던 여자는 인간이 느낄 수 있는 감정을 일절 거세당한 듯 무표정한 얼굴. 그녀는 어쩐지 그 여자가 폐쇄된 요금소의 부스를 여태 떠나지 못하고 지키고 앉아 있을 것 같다. 멸치 눈알처럼 쪼그라든 검은자위를 도로에 고정하고 열어질세라 새빨간 립스틱을 칠하고, 칠하고, 또 칠하면서.

읍산요금소를 통과하는 기분이 어떤지 그녀는 문득 궁금하다. 육 년 전 폐쇄된 요금소를 통과해 흘러든 뒤로 도시를 벗어났던 적이 없음에도 불구하고, 그녀는 플라스틱 상자 속에 화투장처럼 쌓인 '고속도로 통행권'들이 미처 지불하지 못한 고지서 같다. 한 생애를 사는 동안 순간순간 청구된, 반드시 치러야만 하는 요금이 적힌 고지서들이 그녀 자신 앞에 그렇게 속수무책으로 쌓여 있는 것 같다. 뒤적뒤적 통행권들을 살피던 그녀는 한 장을 집어들고, 그것에 인쇄된 문장을 소리내 읽는다. "통행료 미납, 기타 부정한 통행료 면탈의 경우 당행 통행료 외에 열 배의 부가 통행료를 부과합니다."

이삿짐을 실은 트럭이 하이패스 구간을 통과해 도시를 빠져나간다. 1.5톤 트럭 적재함에 실린 세간들이 그녀는 아무래도 자신의 것 같다. 그녀가 읍산요금소 부스를 지키는 동안, 그녀의 원룸 세간들이 꾸려져 다른 도시로 보내지는 것 같다.

읍산요금소로 영성기도원 승합차가 들어온다. 폐차 직전의 승합차가 노아의 방주라도 되듯, 사람이 팔과 다리가 꼬이고 뒤엉킬 정도로 그득 타고 있다. 폭삭 늙은 여자부터 고등학생처럼 보이는 앳된 얼굴의 청년까지, 인간 군상이라는 말이 저절로 떠오를 정도로 연령대가 다양하다. 얼굴들이 생김새는 다 다르지만 하나같이 적나라하고 극적인 표정을 짓고 있어서 그녀는 기괴한 그림을 들여다보는 기분이다.

오십대 중반쯤, 운전석의 사내가 그녀는 낯익다. 사나흘에 한 번 영성기도원 승합차는 읍산요금소를 통과한다. 생각해보니 영성기도원 승합차는 언제나 정원 초과였다. 그런데 승합차에 타고 있는 사람들이 매번 같은 사람들인지 전혀 다른 사람들인지 그녀는 잘 모르겠다.

운전석의 사내가 광물 느낌이 나는 눈동자로 그녀를 뚫어져라 쏘아보더니 통행권을 내민다. 사내의 손에 들린 것이 단순히 고속도로 통행권이 아니라, 다른 용도의 표 같아서 그녀는 망설인다. 승합차에 타고 있는 사람들의 눈동자가 자신을 향하는 것을 의식하고는, 마지못해 통행권을 받아든다. 단 하나의 눈동자도 예외 없이 전부 부스 안 그녀 자신을 향하는 것을.

통행료는 삼천오백 원이다. 그녀는 마음 같아서는 승합차에 타고 있는 한 사람 한 사람에게 통행료를 받고 싶다. 단 한 명도 빠뜨리지 않고 통행료를 내야만 읍산요금소를 통과할 수 있다고 운전석의 사내에게 말하고 싶다.

읍산요금소와 햇빛요양원 사이 비닐하우스는 개구리 농장이다. 읍산요금소 정산원으로 취직하기 전까지 그녀는 식용 개구리 농장은 상상도 못했다. 식용 달팽이 농장이나 자라 농장은 들어봤지만 식용 개구리 농장은 들어보지 못했다.

사월, 개구리알이 한창 부화할 때다. 모내기 철이 되면 개구리 농장 개구리들은 극성스럽게 운다. 수백 혹은 수천 마리의 개구리가 집단으로 우는 소리와 차들이 도로 위를 내달리는 소리는 묘한 이중창이 되어 읍산요금소 일대를 떠돈다. 그러다 갑자기 도로가 텅 비어 개구리 울음소리만 들끓을 때면, 그녀는 수백 마리의 개구리와 함께 부스 안에 갇힌 듯한 착각에 휩싸이고는 한다.

읍산요금소로 겨자색 승용차가 들어선다. 운전석의 사내가 햇빛요양원 위치를 묻는다. 그녀는 위치를 알려주면서 뒷자리의 노파를 흘끔 살핀다. 새것이 분명한 하늘색 앙고라 스웨터를 입고 잔뜩 겁먹은 얼굴로 온순히 앉아 있는 노파가 그녀는 자신 같다. 지금의 그녀 자신보다 더 나이든 아들이, 자신을 요양원에 입원시키기 위해 읍산요금소를 통과하려는 것 같다.

오 분여 뒤 읍산요금소를 통과한 승용차 한 대가 햇빛요양원 주차장으로 들어서는 것이 그녀의 시야에 들어온다. 승용차 운전석에서 사내가 내리는 것을 그녀는 묵묵히 지켜본다. 햇빛요양원 건물 안으로 걸어가던 노파가 문득 슬쩍 뒤를 돌아다본다. 노파가 자신을 바라보는 듯해 그녀는 긴장한다. 부스 안 자신이 노파에게 보일 리 없다는 것을 잘 알면서도.

화요일 오후, 읍산요금소는 통행량이 적은 편이다. 통행량이 부쩍 늘 때가 있는데, 햇빛요양원에서 누군가가 죽었을 때다.

삼십 분 전쯤 하이패스 구간을 통과한 이삿짐 트럭 적재함에 실린 세간들이 그녀는 아무래도 자신의 것 같다. 원룸에 부려져 있던 세간들이 전부 트럭 적재함에 실려 어딘가로 보내지고 있는 것 같다. 옷가지는 물론 수건 한 장, 숟가락 하나 빠짐없이. 두 공기 분량쯤 밥이 들어 있는 보온 밥솥도. 그녀는 대학교를 중심으로 원룸들이 우후죽순 들어선, 소위 원룸촌에 살고 있다. 대학생들이 급격히 줄면서 원룸들은 뜨내기들과 외국인 노동자들 차지가 되었다. 그러지 않아도 밤늦게 퇴근하는 날이면, 원룸 안으로 선뜻 들어서지 못하고 신발을 신은 채로 현관에 삼 분 정도 멍하니 서 있다. 원룸이 텅 비어 있을까봐 형광등 스위치도 올리지 못한다.

흰색 중형 승용차가 요금소로 미끄러져들어온다. 승용차 안이 훤히 들여다보인다. 어머니와 딸. 그녀 나이쯤으로 보이는 운전석의 여자는 짜증이 가득한 표정이다. 조수석의 딸은 미라처럼 붕대로 얼굴을 친친 감고 모자를 푹 눌러쓰고 있다. 묻지 않아도 모녀가 어디를 다녀오는 길인지 그녀는 알 것 같다. 성형수술을 받고 돌아오는 것이리라. 그녀의 머릿속에 얼마 전 보았던 버스 광고가 떠오른다. 공익광고 분위기가 나는 광고로, 성형수술을 받고 달라진 딸의 얼굴을 어머니가 흐뭇한 표정으로 바라보고 있었다. 광고 문구가 정확히 기억나지 않지만, 성형수술로 예뻐진 딸이 어머니보다 훨씬 행복한 인생을 살게 되리라는 내용이 담겨 있었다.

그녀의 올케도 조카가 고등학교를 졸업하던 해 성형수술을 시켜주었다. 마음 같아서는 딸의 얼굴을 싹 뜯어고치고 싶다는 올케의 말에 그녀는 적잖이 놀랐다. 동갑이어서인지 올케는 시누이인 그녀를 친구처럼 스스럼없이 대했다. 중소식품 회사에 다니는 오빠의 벌이가 원체 시원찮은데다, 올케 자신이 생활력이 강해서 결혼하고 내내 부업을 해 생활비를 보태고 아이들 학원비를 마련했다. 올케는 요양보호사 일을 해 모은 돈으로 딸의 얼굴을 성형시켜주었다. 강남의 유명한 성형외과에서 받았다는 수술 후 조카의 얼굴은 달라졌다. 이

목구비의 조합이 민망스러울 정도로 부자연스럽고 낯설어 그녀는 조카의 얼굴을 똑바로 쳐다보지 못했다. 자신이 낳은 딸의 얼굴을 뜯어고치고 싶어하는 올케의 욕망이 뒤미처 끔찍하기도 해서. 메스로 상처를 내 쌍꺼풀을 만들고, 보형물을 넣어 코를 높이고, 각진 턱을 둥그스름하게 깎으면 딸이 훨씬 행복하고 풍요롭게 살 거라는 올케의 믿음이 어디에서 오는 것인지, 그녀는 도무지 모르겠다.

딸이 수술대 위에서 수술을 받는 동안 어머니인 여자는 무엇을 하고 있었을까. 대기실에서 여성 잡지를 뒤적거리고 있었을까. 스마트폰을 만지작거리고 있었거나.

자신의 자궁 속에서 빚어진 딸의 얼굴을 메스가 번개처럼 긋고 지나가는 장면을 상상하는 것만으로, 그녀는 소름 끼친다. 다행인지 아닌지 그녀에게는 딸이 없다.

텅 빈 도로에서 한순간 광채가 인다. 그녀는 부스에서 뛰쳐나가 도로를 내달리고 싶은 충동에 사로잡힌다. 충동을 부추기며 견인차 세 대가 일이 분 간격으로 하이패스 구간을 통과한다. 고속도로 어디선가 사고가 난 것이 분명하다. 고속도로에서 사고가 발생하면 견인차들은 순위를 다투듯 출동한다. 가장 먼저 도착하는 견인차에만 사고 차량을 견인할 수 있는 기회가 주어지기 때문이다. 0.001초로 금메달과 은메달이 가려지는 단거리 육상경기에 비하면 일이 분은 아무것도 아닐지 모른다고 그녀는 생각한다. 어쩌다 TV에서 중계하는 단거리 육상경기를 볼 때마다 그녀는 자신에게 아무리 안간힘을 써도 극복 못하는 0.001초가 있는 것 같다. 그리고 종종 요금소 앞으로 곧게 뻗은 도로가 단거리 육상경기 트랙 같다. 그녀가 끝끝내 0.001초를 극복하지 못하고 물러난 트랙.

고속도로에 고라니가 죽어 있다던, 은회색 승합차 운전자의 경고가 뒤미처 떠올라 그녀는 인터폰으로 관리소장을 호출한다.

"사고 났어요?"

그녀의 물음에 관리소장은 그렇다고 건성으로 대꾸한다.

"혹시…… 고라니 때문이에요?"

"고라니?"

"……아니에요"

그녀는 서둘러 인터폰을 끊는다. 관리소장은 아직도 그녀에게 화가 나 있다. 얼마 전 읍산요금소에는 그녀 때문에 민원이 들어왔다. 그녀가 계산을 잘못해 거스름돈을 천 원 모자라게 내어주는 바람에 들어온 민원이었다. 운전자는 통행요금을 받던 그녀의 태도까지 문제삼으며 고소하겠다고 협박했다. 운전자의 말에 따르면 그녀는 퉁명스럽고 불친절한 데다, 껌을 기분 나쁘게 씹고 있었다. 껌을 씹지 않았다는 그녀의 말을 관리소장은 믿어주려 하지 않았다. 천 원을 통장으로 계좌 이체하고 그녀가 거듭 사과한 뒤에야, 운전자의 분노는 겨우 가라앉았다. 읍산요금소는 수탁으로 운영되었다. 그녀처럼 계약직에 불과한 관리소장은 그러지 않아도 민원에 민감했다.

고라니 때문일 수도 있고, 아닐 수도 있다. 고라니 때문이라고 해도 자신의 잘못은 아니라고 그녀는 스스로를 다독인다. 고속도로 한복판에서 죽어 있는 고라니를 치우는 것은 자신의 일이 아니라고.

오래전 그녀는 새벽의 고속도로에서 푸른 야광의 빛과 마주친 적이 있었다. 태초의 빛처럼 신비스럽던 빛…… 그 빛은 짐승의 눈이 발산하는 것이었다. 고라니나 고양이의 눈이 발산하는 그 빛을 향해, 그녀는 시속 백삼십 킬로로 내달렸다. 그 빛 속에 삼켜지고 싶었지만, 그녀가 속도를 더 내기 위해 가속페달을 힘껏 밟는 순간 쿵 하는 소리와 함께 빛은 허무하게 꺼져들었다.

그녀는 문득 자신이 그 빛을 꺼뜨린 죄로 읍산요금소 부스에 갇힌 게 아닐까 싶다.

짐승의 눈이 발산하던 빛을 향해 전속력으로 내달릴 때 그녀의 옆에는 아들이 타고 있지 않았다. 십 년도 더 전의 일이라지만, 그때 왜 혼자 새벽의 고속도로를 내달렸는지 그녀는 전혀 기억나지 않는다.

읍산요금소로 들어서는 승용차를 무심히 바라보는 그녀의 얼굴에 살얼음이 끼듯 서늘한 기운이 감돈다. 차량 번호가 '11허'로 시작하는 검은색 그랜저. 이십여 분 전 읍산요금소를 통과한 승용차다. VCR에서 지나간 장면을 되감기해 다시 불러오듯 검은색 그랜저가 읍산요금소에 다시 나타난 것이다.

실내가 전혀 들여다보이지 않을 정도로 선팅을 짙게 한 차창이 스르르 내려간다.

"우성실업 찾아가려면 어떻게 가야 합니까?"

운전석의 사내가 그렇게 물어서 그녀는 깜짝 놀란다. 이십여 분 전에도 사내는 그녀에게 똑같이 물었다.

"……우성실업이요?"

그녀는 자신 역시 똑같이 되묻고 있다는 것을 깨닫지 못하고 중얼거린다.

"읍산요금소에서 물어보면 잘 알려줄 거라던데……"

그 말 역시 사내는 이십여 분 전에 똑같이 했다. 그녀는 사내를 기억 못하는 척 시치미를 떼고 통행권을 단말기에 댄다. 이상한 운전자가 어디 한둘이던가. 다짜고짜 욕설을 퍼붓는 운전자가 있는가 하면, 쓰레기봉투를 던지고 가는 운전자도 있다. 그런 경우 아예 상대를 하지 않는 게 상책이라는 것을 그녀는 나름 터득했다. 도시의 서쪽 끝에 자리한 읍산요금소는 고속도로와 연결된 요금소이기는 하지만 차량 통행이 적은 편이다. 도시에는 두 군데의 요금소가 있다. 동북쪽에 자리한 문덕요금소는 통행량이 읍산요금소의 다섯 배가 넘는다. 대개의 차들은 그곳을 통과해 도시로 흘러든다.

그녀는 마지못한 듯 사내가 내미는 통행권을 받아든다. 요금 표지판에 통행료가 뜬다. 구백 원. 이십여 분 전에도 구백 원이었다.

"오륙백 미터 직진하면 오른편으로 굴다리가 나와요. 굴다리 통과하면 공장들이 모여 있는데…… 그 공장들 중 하나일 거예요."

그녀는 이십여 분 전에 일러준 그대로 사내에게 일러준다.

"굴다리요?"

사내가 목청을 높인다.

“굴다리요.”

그녀는 사내가 지갑에서 꺼내 내미는 오만 원짜리 지폐를 받아들면서, 곁눈질로 사내의 얼굴을 살핀다.

쑥색 야구모자를 눌러쓰고 있어서 자세히 볼 수는 없지만, 그녀는 사내의 얼굴이 어쩐지 낯익다. 전에 어디선가 만난 적이 있어서 낯이 익은 것인지, 이십여 분 전 읍산요금소를 통과할 때 안면을 익혀서 낯이 익은 것인지 잘 모르겠다.

읍산요금소에서 멀지 않은 곳에 대여섯 개의 공장이 우후죽순 모여 있다. 농작물을 길러 먹던 논밭을 갈아엎고 들어선 공장들이었다. 그녀는 우성실업 역시 그 공장들 중 하나일 거라고 생각했다. 굴다리를 못 보고 지나친 걸까. 도로 밑으로 내려앉은 굴다리는 눈에 아주 잘 띄지는 않지만, 조금만 신경을 쓰면 어렵지 않게 찾을 수 있다.

거스름돈을 받아든 사내는 급할 게 없다는 듯 천천히 차창을 올린다.

검은색 그랜저가 요금소를 유유히 빠져나가는 것을 무심히 지켜보던 그녀의 머릿속에 문득 전날 은영이 의아해하면서 묻던 게 떠오른다. “언니, 삼한실업이라고 들어봤어요?” 은영 역시 정산원으로, 그녀뿐 아니라 자신보다 나이 많은 모든 여자를 언니라고 불렀다. 세상 모든 여자가 자신의 자매라도 되는 듯. 어지간한 사내보다 덩치가 큰 은영이 근무를 하고 난 뒤면 부스에는 빵이나 과자 부스러기, 오징어 껍질, 억세고 긴 머리카락이 지저분하게 떨어져 있다. 밤근무라도 선 날이면 햄버거 포장지와 바나나 껍질 등이 쓰레기통에 넘치도록 차 있다. 김밥에서 골라낸 것이 분명한 우엉과 오이가 쉰내를 풍기며 부스 바닥에 나뒹구는 경우도 더러. "삼한실업으로 가려면 어떻게 가야 하는지 물어보는데, 알아야지 말이에요. 근데 이상하지 않아요? 내비가 있는데 물어보는 것도 이상하지만, 다섯 번씩이나 요금소를 통과하는 것도 이상하잖아요. 혹시, 나한테 반했나?" 은영은 분명 검은색 그랜저라고 했다. 검은색 그랜저가 새벽 두시에서 세시 사이에 다섯 번이나 읍산요금소를 통과했다고. 그녀는 은영의 말을 건성으로 흘려들었다. 아주 간혹 그렇게 시간차를 두고 연속해서 읍산요금소를 통과하는 차들이 있었다. 기껏 도시를 벗어나 고속도로에 진입해 내달리다 부득이한 사정이 생겨 되돌아온 차들이었다. 읍산요금소 앞으로 뻗은 도로는 칠백 미터 지점쯤에서, 고속도로 상행선과 하행선 두 갈래로 갈라진다. 통행료는 통과할 때마다 지불해야 한다. 통과하는 횟수가 백 번일 경우 백 번 다. 뫼비우스의 띠라고 했던가. 차들이 부메랑처럼 되돌아와 부스 밑에 설 때마다 그녀는, 자신이 들어앉아 있는 부스가 뫼비우스의 띠의 시작이자 끝인 지점에 자리하고 있는 것 같다.

방금 읍산요금소를 통과한 검은색 그랜저가 은영이 말한 검은색 그랜저가 아닐까 싶지만 운전석의 사내는 삼한실업이 아니라 우성실업 위치를 물었다. 아마도 입 때문이리라, 그녀는 생각한다. 자신이 건네는 거스름돈을 받아드는 사내의 입이 일그러지는 것을 그녀는 분명히 보았다. 초 단위로 차량이 통과해 진을 빼놓는 요금소는 아니지만, 그녀는 읍산요금소 부스를 지키고 앉아 통행료를 받는 일이 벅찰 때가 있다. 그렇게 운전자의 얼굴 한 부분이나 전체가 돌연 일그러질 때 그녀는 저절로 어깨가 움츠러든다. 알지도 못하는 자신에게 왜 그런 표정을 지어 보이는 것인지 따져 묻고 싶다.

그녀는 요양원 주차장까지 뻗치는 눈길을, 개구리 농장 비닐하우스로 끌어당긴다. 알에서 부화한 올챙이들은 다리가 나오고 꼬리가 사라지는 변태의 과정을 거쳐 개구리가 될 것이다. 그녀는 통통하게 살이 올라 식용으로 적당한 개구리들이 비닐하우스를 찢고 탈출해 도로 위로 올라오는 광경을 상상한다. 리놀륨 장판을 깐 것처럼, 번들거리는 개구리들이 도로를 온통 뒤덮고 있는 광경을.

그때 흰색 승용차가 미끄러져들어온다. 승용차에는 가족이 타고 있다. 사십대 중반으로 보이는 부부와 어린 두 딸. 조수석의 여자와 뒷자리의 두 딸은 곤하게 잠들어 있다. 그녀는 잠든 여자를 조수석에서 끌어내려 부스에 앉히고, 자신이 조수석으로 가 앉고 싶다. 잠든 여자의 인생을 통째로 빼앗고 싶은 욕망이 너무 강렬해, 도리어 여자에게 자신의 인생을 통째로 빼앗긴 것 같은 박탈감마저 든다.

"읍산요금소에서 물어보면 잘 알려줄 거라던데……"

원점으로 되돌아가 똑같이 반복되는 상황이 감당이 안 되어 그녀는 눈을 질끈 감았다 뜬다.

"오륙백 미터 직진하면 오른편으로 굴다리가 나와요. 굴다리 통과하면 공장들이 모여 있는데…… 그 공장들 중 하나가……"

사내는 이번에도 오만 원짜리를 쑥 건넨다. 통행료 구백 원을 지불하기 위해 오만 원짜리를 내는 사내가 그녀는 위험하게 느껴진다. 자신이 거슬러준 거스름돈을 두고 기어이 오만 원짜리를 내는 의도가 무엇인지 그녀는 잘 모르겠다.

신경질적으로 울리는 경적 소리를 듣고서야 그녀는 정신을 차린다. 검은색 그랜저 뒤로 차가 두 대나 밀려 있다. 그녀는 떨리는 손으로 간신히 거스름돈을 챙겨 사내에게 건넨다. 검은색 그랜저가 가고 나서야 혹시 그 사내가 아닐까 하는 의심이 불쑥 든다.

두 달도 더 전이었다. 그녀는 마트에서 우연히 여고 동창을 만났다. 단짝은 아니었지만 종종 어울리던 동창으로, 고등학교 졸업 후 연락이 끊겼었다. 보험설계사가 된 동창은 알고 보니 결혼과 동시에 도시로 흘러들어와 살고 있었다. 이십삼 년 만에 재회한 동창은 만나자마자 그녀에게 다양한 보험 상품들을 들이밀었다. 그녀가 이혼녀라는 사실을 알고부터는 연금보험을 노골적으로 권하더니, 그녀에게 의사를 묻지도 않고 사내를 소개해주었다. 중고차 매매업을 한다는 사내는 동창과 그녀를 한우 전문 식당으로 데리고 가 소갈비를 사주었다. 불판 위에서 미처 거두어 먹지 못한 소갈비가 타들고 있는데도 남자는 일 인분 더 시켰다. 된장찌개와 밥이 나올 때, 동창은 급한 일이 있다면서 먼저 자리를 떴다. 식당을 나와 이차로 노래방에 가자는 사내의 요구를 그녀는 거절했다. 연봉이 일억 원이 넘는다는 사내의 말이 그녀는 어쩐지 허풍처럼 들려 신뢰가 가지 않았다. 사내는 다급히 돌아서는 그녀의 팔을 낚아채듯 잡았다. 자신의 팔에 감겨오던 사내의 손가락들이 어찌나 억세고 뜨겁던지, 길을 걸어가던 사람들이 흘끔 돌아다보도록 그녀는 비명을 내질렀다. "한 곡 부르고 가자니까." 사내의 뜨거운 입김이 그녀의 얼굴에 훅 끼쳤다. 짓무른 단무지에서 흐르는 물처럼 샛노란 노래방 간판 불빛이 사내의 얼굴에 번져왔다. 뿌리치려는 그녀의 팔을 사내의 손가락들이 피가 통하지 않을 만큼 움켜잡았다. 노래방까지 끌려간 그녀는 화장실에 가는 척 도망쳐 나왔다. 이튿날 그녀는 불쾌한 심사를 전하기 위해 동창에게 전화를 했다가 오히려 원망만 들었다. 동창은 그녀가 아니라 사내를 두둔하고 나섰다. 사내가 살면서 여자에게 무시를 당한 것은 처음이라면서 보험 계약 해지를 요구해왔다는 것이었다. 동창은 그 보험 상품이 얼마짜리인지 아느냐면서 화를 냈다. 그제야 그녀는 동창이 여자를 소개해주는 조건으로 사내에게 보험 상품을 판매한 사실을 눈치챘다.

자신이 읍산요금소 정산원으로 일하고 있다는 것을 그녀는 사내에게 말하지 않았다. 하지만 마음만 먹으면 얼마든지 알아낼 수 있을 것이었다. 그녀가 읍산요금소 정산원으로 일하는 것을 알고 있는 동창이 만남을 주선하기 전 자신이 어떤 일을 하는지 사내에게 미리 귀띔해주지 않았을까 싶다. 이혼녀에다 함께 살지는 않지만 고등학생 아들이 혹처럼 딸린 자신이 내세울 것이라고는 읍산요금소 정산원이라는 직업 말고는 없다는 걸, 그녀는 잘 알고 있다. 당연히 정직원일 거라고 생각하는 동창에게, 그녀는 계약직이라고 사실대로 말하지 못했다.

스마트폰을 만지작거리던 그녀는 입을 야무지게 오므리고 동창에게 전화를 넣는다. 신호가 열 번 넘게 울린 뒤에야 동창은 전화를 받는다.

"저기, 그 남자 말이야. 네가 지난번에 소개해주었던."

"왜, 다시 만나보게?"

동창의 목소리는 날이 서 있다.

"그게 아니라, 그 남자가 타고 다니는 차 종류가 뭐야?"

"차?"

"그 남자가 타고 다니는 차 말이야."

"차는 왜?"

"궁금해서…… 혹시 그랜저 타고 다니니?"

"왜? 그랜저 타고 다니면 사귀어보게?"

동창은 짜증이 나는지 한가할 때 통화하자며 일방적으로 전화를 끊는다. 그녀는 자신이 뭘 잘못했는지 모르겠다. 화를 내야 할 사람은 자신이라는 생각에 동창에게 다시 전화를 넣는다. 세 차례 연속해서 통화를 시도하지만 동창은 받지 않는다.

요금소로 들어서는 검은색 그랜저를 그녀는 반쯤 넋이 나간 얼굴로 바라본다. 읍산요금소가 시작이자 끝인 뫼비우스의 띠에 갇힌 듯, 검은색 그랜저는 이십 분 간격으로 읍산요금소로 들어서고 있다.

사내는 처음부터 다시 시작한다.

"우성실업 찾아가려면 어떻게 가야 합니까?"

"……우성실업이요?"

"읍산요금소에서 물어보면 잘 알려줄 거라던데……"

"우성실업이 그러니까……"

그녀는 개구리 농장 비닐하우스로 시선을 주고 마른침을 삼킨다. 뫼비우스의 띠에서 벗어나는 방법은 그 띠를 싹둑 자르는 것뿐이라고 스스로에게 단단히 이른다.

하늘색 마티즈가 검은색 그랜저 뒤에 바짝 붙어 선다.

"일 킬로쯤 직진하면 삼거리가 나올 거예요…… 그곳에서 우회전을 하세요. 오백 미터쯤 달리다보면 모아가구점이던가…… 아무튼 큰 가구점이 나올 거예요. 도롯가에 플래카드를 요란하게 내건 가구점이…… 그 가구점 지나 이삼백 미터 달리다보면 철길이 나오는데, 철길을 오른쪽으로 끼고 달리다보면……"

그녀가 개구리 농장 비닐하우스에 시선을 고정하고 음정의 높낮이 없이 중얼거리는 말을 사내는 진지하게 귀담아듣는다. 그녀가 우성실업을 찾아가는 길을 이십 분 전과도, 사십 분 전과도, 육십 분 전과도 다르게 설명하는데도 사내는 전혀 이상하게 생각하지 않는다.

"아무튼 철길을 따라 달리다보면 폴란드모텔이……"

"가봤어요?"

사내가 그녀의 말을 끊고 대뜸 묻는다.

"네?"

"폴란드모텔."

"아, 아니요."

그녀는 화끈거리는 얼굴을 완강히 흔든다. 도시 외곽 도로에는 모텔들이 심심치 않게 자리하고 있다.

"바뀌었던데. 폴란드모텔에서 드림모텔로."

"폴란드모텔 지나서 계속 달리다보면 나올 거예요."

그녀는 사내의 말을 못 들은 척 무시하고 얼른 중얼거린다. 사내가 내미는 통행권과 오만 원짜리 지폐를 빼앗듯 받아든다.

"가본 지 한참 되나봐요."

"네?"

"폴란드모텔."

마티즈 운전석의 여자가 차창 밖으로 고개를 내민다. 여자의 얼굴은 짜증으로 구겨져 있다. 햇빛요양원에서 요양보호사로 일하는 여자다. 그녀는 도움을 요청하는 눈빛으로 여자를 바라보지만, 짜증이 잔뜩 난 여자는 알아차리지 못한다.

부스 옆에는 어느새 마티즈가 서 있다.

거의 매일 일정한 시간에 읍산요금소를 통과하는 것을 보면 여자는 외지에 살고 있는 것이 분명하다. 교대 근무라 출퇴근 시간이 매번 바뀌는지 읍산요금소를 통과하는 시간은 일정하지 않지만 여자가 지불하는 통행료는 항상 같다. 천칠백 원. 그녀는 올해가 가기 전에 요양보호사 자격증을 따 요양원에 취직하는 것이 목표다. 여자에게서 통행료를 받을 때마다 그녀는 요양보호사 일은 어떤지 묻고 싶다. 여자가 어째서 하이패스를 이용하지 않는 것인지, 그녀는 이해되지 않는다. 외지에서 출퇴근하는 차들은 거의 다 하이패스 단말기를 장착하고 있다.

"무슨 일이래요?"

마티즈 운전석의 여자가 통행권과 함께 신용카드를 내밀면서 다짜고짜 묻는다. 여자는 매번 신용카드로 통행료를 지불하고 영수증을 꼭 챙겨 간다.

"길을 물어서요."

그녀는 여자에게 카드와 영수증을 건네면서 묻는다.

"요양보호사 일은 할 만해요?"

"요양보호사 일이요?"

여자는 누군가가 물어주기를 기다리기라도 한 듯 되묻고는 고개를 거칠게 내젓는다.

"말도 마요. 그제는 마흔두 살이라더니 어제는 스물여섯 살이라지 뭐예요? 그저께는 글쎄 서른한 살이라더니. 똥오줌 받아내는 나보고 누구냐고 물어서, 지나가는 행인이라고 했어요. 하긴, 일 초 전에 한 일조차 까맣게 잊어버리는데 뭘 바라겠어요?"

여자가 도대체 무슨 말을 하는 것인지 그녀는 모르겠다.

"치매 걸리면 그냥 콱 죽어버려야지!"

여자가 그렇게 말해서 그녀는 놀랐지만 아무렇지 않은 척 중얼거린다.

"정작 치매 걸린 사람은 자신이 치매 걸린 것도 모를 텐데요, 뭘……"

"따지고 보면, 인간 말년이 가장 불행한 것 같아요."
여자는 그 말을 예언처럼 남기고 가버린다.

그녀가 사내에게 일러준 대로라면, 우성실업이 아니라 문덕요금소가 나올 것이다. 도시 동북쪽에 자리한 요금소가. 문덕요금소는 정산원이 여덟 명이나 되는데다, 요금소 건물 안에 숙직실과 구내식당이 갖추어져 있다. 하이패스 구간을 제외하고 정산원이 지키는 부스도 네 개나 된다. 읍산요금소 정산원으로 일하기 전 그녀는 그곳에서 석 달 동안 아르바이트를 했다. 출산휴가를 받은 정산원을 대신해 문덕요금소의 사 번 부스를 지켰다. 그 경력 덕분에 계약직이지만 읍산요금소 정산원으로 취직할 수 있었다.

만약 폐쇄된 요금소의 위치를 알았더라면, 그녀는 사내에게 그곳 위치를 알려주었을 것이다. 폐쇄된 요금소가 정확히 도시의 어디쯤에 자리하고 있는지 그녀는 가늠이 되지 않는다. 그 요금소를 통해 도시로 흘러들어왔으면서. 그 요금소의 이름조차 그녀는 알지 못한다. 그녀는 자신이 살고 있는 원룸촌과 읍산요금소만 오간다. 그녀는 어쩐지 폐쇄된 요금소가 철거되지 않고 자리를 지키고 있을 것 같다. 새빨간 립스틱을 발라 입술이 닭벼슬 같은 여자가 부스를 지키고 앉아 있을 것 같다. 그 여자라면 열 번이고, 백 번이고, 천 번이고 지치지 않고 사내에게 우성실업의 위치를 알려주었을까. 얼굴 표정 하나 변하지 않고, 닭벼슬 같은 입술을 찢듯 벌리고 벌려.

하이패스 통과 구간으로 횟감용 물고기를 실어나르는 트럭이 통과한다. 도마 위에서 산 채로 살이 떠지는 물고기보다 인간의 말년이 더 끔찍할까? 난도질당하는 낙지보다. 고속도로에서 생을 마감한 고라니보다.

그녀가 일러준 대로 가고 있다면 검은색 그랜저는 지금쯤 모아가구점 근처를 지나고 있을 것이다.

그녀가 문덕요금소에서 아르바이트를 할 때였다. 모텔 이름이 폴란드라서였다. 폴란드 하면 떠오르는 것이 퀴리 부인밖에 없지만, 그날 그녀가 그 모텔에 든 것은 순전히 폴란드라는 간판 때문이었다. 모텔들의, 불륜을 대놓고 조장하는 것 같은 적나라한 간판들 속에서 폴란드라는 간판은 의외였다. 그녀가 아르바이트를 마치던 날 요금소 소장은 고생했다며 회식 자리를 마련해주었다. 이차로 들른 노래방에서 나와, 집 근처까지 태워다주겠다는 소장의 호의를 그녀는 거절하지 못했다. 맥주를 서너 잔 마신 그녀가 깜박 졸다가 깨어났을 때 소장의 차는 폴란드모텔 주차장으로 들어서고 있었다. "읍산요금소라고, 새로 요금소가 생겼는데 직원을 구한다는군. 원하면 내가 소개해줄 수도 있는데." "……폴란드네요." "모텔 이름이 좀 그렇지." 소장은 정규직이 아니라 계약직이라는 말을 하지 않았다. 보험설계사가 된 동창을 만난 것은 그로부터 며칠 뒤였다. 이십삼 년 만에 만난 자신을 빤히 쳐다보면서, 멀리 여행을 다녀온 사람처럼 지쳐 보인다고 말하는 동창에게 그녀는 농담 아닌 농담을 했다. 폴란드에 다녀왔다고.

전날 그녀는 단짝이었던 동창과 오랜만에 전화 통화를 했다. 그녀가 조심스럽게 자신이 당했던 일을 이야기하자 동창은 애써 참고 있던 말을 털어놓았다. "너도 보험 들어줬니? 걔 남편 놀고 있잖아. 나도 보험 하나 들어줬어. 연금보험 하나 들어달라고 조르는데, 애들 학원비 때문에 들던 보험도 깨야 할 판이라서 말이야. 실비보험 하나 겨우 들어줬다, 얘." 동창이 그녀에게 했던 말과 달랐다. 집에서 살림만 하려니 근질근질해서 보험 일을 시작했다던. 밑천 안 들이고 시간 구애 안 받고 할 만한 일이 그 일밖에 없더라고, 그 일이 의외로 자신과 잘 맞아서 취미 삼아서 하고 있다던. 자신은 돈 때문에 그 일을 하는 게 아니라던. 돈 때문에 하는 것은 아니지만 보험왕 욕심이 난다던. 이왕 하는 거 보험왕 한번 해

봐야 하지 않겠냐던.

그제는 마흔두 살, 어제는 스물여섯 살, 그저께는 서른한 살. 치매가 와 일 초 전에 한 일조차 잊어버리는 노인의 진짜 나이는 몇 살일까. 그녀는 아들이라면 알지 모르겠다는 생각이 든다.

이혼을 고민할 때 아들이 흔히 하는 말로 너무나 쿨해서 그녀는 놀랐다. 아들이 부모 인생은 부모 인생이고, 자신 인생은 자신 인생이라고 말해서. 부모의 이혼이 자신과는 별개의 일이라는 듯. 내 친구 부모는 벌써 이혼했는걸요, 뭐. 막 열네 살이 된 아들이 그렇게 말해서. 이혼할 때 그녀는 법정에서 친권과 양육권 포기 각서를 작성했다. 부모로서 법적으로 갖는 의무 및 권리를 포기한다는 각서였다. 남편에게는 안정된 직장이 있었지만 그녀에게는 없었다. 전문대를 졸업하고 새마을금고에서 창구 직원으로 근무했던 경력이 전부인 그녀는 고정적인 월급이 나오는 직장에 취직할 엄두가 나지 않았다. 의무와 권리가 샴쌍둥이처럼 붙어다닌다는 것을 그녀는 그때 처음으로 절실히 깨달았다. 푸른 야광의 빛과 만났던 고속도로를 내달릴 때 그녀는 아들을 만나고 돌아오는 길이었다. 그즈음 변성기를 지나고 있던 아들은 어머니인 그녀가 친권과 양육권을 포기한 사실을 알고 있었다. 반나절을 함께 보내는 동안 아들이 스마트폰에서 눈을 뗀 것은 고작 두 번이었다.

햇빛요양원 건물에서 한 무리의 노인이 줄을 지어 나온다. 주차장을 지나 정원 쪽으로 걸어간다. 허공에 거대한 물레방아가 떠 있는 정원을 돌기 시작한다. 햇빛요양원이 개원을 하고 입소 노인들을 한창 들일 때만 해도 잘만 돌아가던 물레방아는 어느 순간 멈추어버렸다. 꿈쩍도 않는 물레방아 대신에 노인들이 원을 그리며 돌고, 돈다.

꾸벅꾸벅 졸던 그녀는 화들짝 놀라 깨어난다. 덜컥, 부스 문이 열리고 석양이 눈부시게 쏟아져들어온다. 역광을 받아 실루엣만 겨우 읽히는 형체가 부스 안으로 불쑥 머리를 들이민다. 그 사내가 아니라는 것을, 관리소장이라는 것을 확인하고도 진정이 안 되어 그녀는 어깨를 부들부들 떤다.

요 며칠 쌀쌀하게 대했던 것이 마음에 걸렸던 걸까. 배고플 때 먹으라며 백설기와 두유를 내민다. 오전 열한시에 은영과 교대한 그녀는 내일 오전 열한시까지 요금소를 지켜야 한다. 이십사 시간을 꼬박 부스에 붙들려 있어야 하는 것이다. 정산원이 둘뿐이라 한 사람에게 일이 생기면 장시간 혼자 부스를 지켜야 한다. 부스 안에서 태어나고, 자라고, 늙어가는 것 같은 기분이 들 때까지.

돌아서는 관리소장에게 그녀는 얼른 묻는다.

"저기, 요금소 있잖아요?"

"요금소?"

"폐쇄된 요금소요, 이름이 뭐였어요?"

금방 생각이 나지 않는지 고개를 갸웃거리던 소장이 중얼거린다.

"읍산요금소."

"읍산요금소요?"

"읍산요금소."

"그게 아니라…… 폐쇄된 요금소요."

"읍산요금소라니까, 내가 그 요금소에서 이십 년을 넘게 일했는데 설마 모를까봐?"

말끝에 관리소장이 문을 소리나게 닫는다.

읍산은 지명이다. 요금소가 위치하고 있는 곳이 행정구역상 읍산동이라서 읍산요금소라고 불렀다. 폐쇄된 요금소 역시 행정구역상 읍산동에 속해 읍산요금소라고 불렀을 수도 있겠다는 생각이 들지만 그녀는 혼란스럽다. 폐쇄된 읍산요금소 부스가 자신이 들어앉아 있는 요금소 부스와 멀지 않은 곳에 있을지도 모른다고 생각하니 기분이 묘하다.

몰랑몰랑한 백설기를 뜯어 입으로 가져가던 그녀는, 오전 열한시경 부스에 든 뒤로 화장실에 한 번도 다녀오지 않았다는 것을 깨닫는다. 그사이 햇살요양원 마당을 거닐던 노인들은 사라지고 없다. 늦은 오후의 산책을 끝마치고 건물 안으로 들어간 것이 아니라 증발해버린 것 같다.

그녀는 의자 밑에 놓아둔 가방에서 은색 파우치를 꺼낸다. 화장품 가게에서 사은품으로 얻은 파우치다. 파우치 지퍼를 열고 립스틱을 꺼내든다. 립스틱을 바르자 입이 얼굴과 겉돌면서 붉게 떠오른다. 그녀는 립스틱을 덧바른 뒤 도로에 두 눈을 고정시킨다.

석양이 깔려와 부레처럼 부풀어 보이는 도로 위로 차가 한 대 나타난다. 차는 읍산요금소를 향해 느리지도, 빠르지도 않은 어중간한 속도로 달려온다. 차 종류와 색깔이 잘 분별이 안 된다. 그녀는 방금 립스틱을 발랐다는 것을 망각하고는 립스틱을 덧바르며, 검은색 그랜저가 아니기를 속으로 간절히 바란다.

새의 장례식

"우리는 전에 한 번 만난 적이 있습니다."

마룻바닥이 삐걱거리는 소리가 그의 말소리에 균열을 내듯 섞여들었다. 검은 앞치마를 두른 종업원이 다가왔다. 커피가 담긴 찻잔을 테이블 위에 두고 돌아서던 종업원의 어깨가 스탠드 갓을 쳤고 그 바람에 불빛이 흔들렸다.

흔들리는 불빛 때문에 나는 순간적으로 초점이 어긋난 사진 속에 들어와 있는 것 같은 착각이 들었다. 정지된 세계 속에서 여러 개의 실루엣으로 존재하는 것 같은.

"우리가요?"

나는 산만하게 분산되는 시선을 그의 얼굴에 모으려 애썼다. 이전에 우리는 어디서도 만난 적이 없었다. 불과 십여 분 전 나는 그를 처음으로 만났다.

"이상하게 들릴지 모르겠지만, 그녀의 꿈에서요."

바위처럼 단단해 보이던 그의 얼굴에 호의적인 미소가 번졌다. 그가 싸우기 위해 나를 찾아온 것이 아니라는 걸 확인했지만 나는 경계심을 풀지 않았다. 사실 우리가 싸울 아무 이유가 없었다. 우리는 초면인데다 아무 사이도 아니었으니까. 그가 설사 싸우기 위해 찾아온 것이라 할지라도 내게는 그럴 의사가 눈곱만치도 없었다.

"꿈에 그녀와 나, 그리고 그쪽…… 이렇게 세 사람이 나란히 누워 있었다고 했습니다. 밤마다 함께 잠드는 남매들처럼요."

꿈 이야기를 들려주기 위해 내게 만나자고 한 것인가. 그녀가 꾸었다는. 그러나 그가 나를 만나고 싶어한 이유가 그것은 아닐 것이었다.

"꿈 이야기를 조금 더 해도 되겠습니까?"

그가 물었다. 나는 긍정도, 부정도 않고 안경알 너머로 그를 물끄러미 건너다보았다.

"그녀는 잠들어 있었고, 나는 이야기를 하고 있었다고 했습니다. 그쪽은 내 이야기를 듣고 있었고요."

"그래, 그쪽이 내게 무슨 이야기를 하고 있었답니까?"

그렇게 묻는 내 미간이 저절로 찌푸려졌다.

"그러게요. 아무튼 내가 말을 하고 있었다고만…… 최근에 꾼 꿈은 아닙니다. 일 년도 더 전에 꾼 꿈입니다."

함께 사는 동안 그녀가 내게 꿈 이야기를 한 적이 있던가. 내가 기억하기로 그녀는 꿈에 집착하는 사람이 아니었다. 꿈을 자주 꾸는 편이라는 것은 알고 있었다. 연애 시절 거의 매일 꿈을 꾼다고 그녀가 말한 적이 있었다. 그녀는 어쩌면 내가 알고 있던 것보다 더 꿈을 자주 꾸고, 자신이 꾼 꿈을 잘 기억하는 사람인지도 몰랐다.

"그래, 날 왜 만나자고 한 겁니까?"

그가 날 만날 이유가 없었다. 그는 나와 아무 사이도 아니다. 모종의 이해가 얽혀 있지도 않다. 그러므로 그가 내게 만나자고 한 데는 뭔가 분명한 이유가 있을 것이다.

"날 왜……?"

그는 대답을 미루고 묵묵히 나를 바라보았다. 그 이유를 내가 더 잘 알고 있지 않느냐고 되묻는 듯한 눈빛으로.

설득하는 것 같은 그 눈빛을 무시하고 나는 혹시나 아는 사람이 없는지 실내를 둘러보았다. 을지로입구역 근처 이층에 자리한 레스토랑은 내가 간혹 간단한 저녁 겸 맥주를 한 잔 하기 위해 찾는 곳이었다. 햄버그스테이크나 돈가스, 파스타 같은 식사 겸 안주를 팔았다. 저녁 여덟시가 조금 지난 시간. 테이블이 열 개쯤 되는 레스토랑에 손님이라고는 그와 나, 둘뿐이었다.

나보다 대여섯 살은 나이가 들어 보이는 그는, 반듯한 편인 이목구비와 단정한 옷차림 덕분에 소박하고 신중한 인상을 주었다. 그는 남색 스웨터 안에 회색 남방을 받쳐 입고 있었다.

그가 천천히 커피를 두어 모금 마시는 동안 나는 그의 옆에 그녀가 앉아 있는 모습을 상상해보았다. 그것은 뜻밖에도 쉽지 않았다. 내가 그녀를 마지막으로 만난 것이 벌써 사 년 전이었다. 그때의 모습이 어렴풋하게나마 기억 속에 남아 있지만 지금처럼 겨울이 아니라 폭염이 기승을 부리던 때였다. 변화의 폭이 미미한 사람이었지만 적잖은 시간이 흘렀으니 그녀는 어떤 식으로든 변했을 것이었다.

"궁금했습니다."

내가 어떤 사람인지 궁금해서 찾아온 것인가? 그러나 그것이 이유일 것 같지 않았다. 그것이 이유였다면 나를 만나지 않고도 얼마든지 나에 대해 알 수 있었을 것이다. 영화사 홍

보과 직원인 나는 업무 차원에서 트위터와 페이스북을 활발히 하고 있었기 때문에 그가 작정만 하면 나와 온라인상에서 친구도 될 수 있었을 테니까.

나도 그가 궁금했던 적이 있었던가? 그녀가 재혼했다는 소식을 전해 들었을 때 상대 남자가 어떤 사람일까 궁금하기는 했다. 묘한 불쾌감과 질투를 불러일으키던 그 궁금증은 그러나 그다지 오래가지 않았다.

두 사람 사이에 심각한 문제라도 있는 걸까? 그래서 나를 찾아온 걸까? 그렇다 해도 내가 상관할 일이 아니었다. 그들에게 나는 제삼자에 불과했으니까.

궁금했다는 말이 빈말에 불과했나 싶을 만큼 나를 바라보는 그의 눈빛은 담담했다. 탐색하는 눈빛이 전혀 아니어서 나는 그에게 물었다.

"그녀가 내 이야기를 하지 않던가요?"

"그러게요…… 그쪽에 대해서도, 첫번째 결혼에 대해서도 그녀가 별 이야기를 하지 않아서요."

그가 소리 없이 웃었다.

그랬나? 하긴, 수다스러운 여자는 아니었으니까. 아니면 말하지 않는 편이 낫다고 판단해서 침묵한 게 아닐까? 그것도 아니라면 아무 할말이 없어서가 아니었을까? 어쩌면 기억에서 말끔히 지워버린 것이. 그렇다면 그가 나를 만날 이유가 더더구나 없었다. 그녀가 기억에서 지워버렸다면 나는 그녀에게 이 세상에 없는 존재나 마찬가지일 테니까.

문득 한 가지 의문이 들었다. 어째서 그녀가 아니라 그가 왔는가 하는 것이다. 둘 중 누군가 나를 찾아온다면 그녀가 왔어야 했다. 그녀를 기다린 적도 없으면서 나는 그녀를 내내 기다렸던 것 같은 기분마저 들었다.

"아무튼 지나치다 싶을 정도로……"

그가 고개를 저었다.

혹시 첫번째 결혼생활이 어땠는지 알기 위해 나를 찾아온 것인가? 그러나 이유가 그것이라면 그는 더 일찍 나를 찾아왔어야 했다. 그녀가 나와 이혼한 지 구 년, 그와 재혼한 지는 오 년 되었다.

"궁금하면 그녀에게 물어보지 그랬습니까?"

"그럴 걸 그랬습니다."

그가 자조적으로 중얼거렸다.

"당장이라도 집에 돌아가 물어보지 그래요?"

"그게……"

낮게 중얼거리는 그의 얼굴에 곤란해하는 빛이 서렸다.

물을 한 모금 마시고 나서야 그는 다시 말문을 열었다.

"혹시 그녀를 만났었나요?"

단도직입적인 질문의 의미를 파악하기 위해 나는 그를 쏘아보았다.

"뭐가 알고 싶은 겁니까?"

눈가에 경련이 일도록 내 얼굴 근육이 경직되었다.

"어떤 의도를 가지고 물어보는 것은 아닙니다. 그녀를 만났었나요?"

나는 주저되었다. 그가 거짓말을 하는 것 같지 않았지만 자신의 아내가 전남편을 만나는 것을 세상의 어떤 남자가 달가워할까 싶어서였다.

"언제 말입니까?"

"몇 년 전이든, 최근이든…… 아무튼 이혼 후에요."

마지막으로 만났던 사 년 전, 그녀는 불쑥 연락을 해왔다. 그녀가 재혼해 살고 있다는 소식을 들은 뒤라 그녀의 갑작스러운 연락이 나로서는 뜻밖이고 부담스러웠다. 거절하기 뭣해 만나기는 했지만, 한옥을 개조한 카페에서 차를 한잔 마시고 헤어진 것이 전부였다. 뭔가 할말이 있어서 왔을 것이라는 내 예상과 다르게 그녀는 몇 마디 근황을 묻는 말만 형식적으로 건네왔다. 화장기 없는 얼굴이 거슬렸지만 그녀는 평화로워 보였다. 초여름 오후 긴 낮잠에서 깨어나 산책을 나온 사람처럼 나른하고 몽환적인 기운에 휩싸여 있었다. 어깨를 살짝 덮는 단발에 반소매의 다소 헐렁해 보이는 갈색 원피스 차림이었던가. 약속이 있어 나는 먼저 자리를 떴다. 조금 더 머물다 가겠다는 그녀를 카페에 남겨두고 나오며 나는 죽을 때까지 그녀를 다시는 만나지 못할 수도 있으리라 생각을 했다. 그것은 무섭고도 슬픈 일이었지만 나는 부부에서 남남으로 변질된 인연 탓으로 돌리려 애썼다.

"사 년 전 그녀가 나를 찾아온 적이 있습니다."

"그랬군요……"

그가 고개를 주억거렸다. 약간 당황한 눈빛이었지만 실망감이나 배신감에 휩싸인 표정으로 변하거나 하지는 않았다. 그가 평정심을 좀처럼 잃지 않는 사람이라는 판단이 들었다. 적어도 나보다는.

"그날 이후로 서로 문자메시지조차 주고받은 적이 없습니다."

진즉에 끝난 사이라는 말을 나는 하려다 말았다. 너무 당연한 말이어서 자칫 변명으로 들릴까봐.

그에게서 전화가 걸려온 것은 오늘 오전 열한시쯤이었다. 천안 출장중이던 나는 나를 만났으면 하는 그에게 일곱시 이

후에나 시간이 난다고 말했다. 휴대전화로 흘러나오는 그의 목소리는 사무적으로 들릴 만큼 차분했지만 나는 당장 만나야 할 것 같은 압박감을 느꼈다. 약속 시간과 장소를 정하고 나서야 나는 그를 만날 아무 이유가 없다는 걸 깨달았다. 평소 야멸치다는 소리를 들을 정도로 거절을 잘하는 편인 내가 어째서 거절을 못한 것인지 스스로도 의아했다.

"그녀 쪽에서 만나자고 했나요?"

"왜 그렇게 생각하나요?"

"……"

"왜?"

"그쪽에서 먼저 만나자고 했을 것 같지는 않으니까요."

그 말이 나를 잘 알고 있다는 뜻으로 들려 불쾌했다. 그는 나라는 인간을 잘 몰랐다. 내가 그라는 인간을 잘 모르는 것처럼. 우리는 서로 모르는 사이였다. 모르는 게 피차간 나은. 미소를 짓고 있는 그를 노려보며 나는 스스로에게 경고했다. 그가 언제 공격적으로 돌변할지 모른다고. 선량해 보이기까지 하는 저 얼굴이 어느 순간 납처럼 서늘하게 굳을지 모른다고.

"그녀도 알고 있습니까?

나는 따지듯 물었다.

"뭘 말인가요?"

"지금 그쪽과 내가 만나고 있는 걸 말입니다."

주방 쪽에서 음식을 기름에 튀기는 냄새가 났다. 저녁을 걸러 허기가 졌지만 낯선 사람을 앞에 두고 천연덕스럽게 음식을 먹을 만큼 나는 무덤덤한 인간이 아니었다.

"평일 저녁 아무렇지도 않은 척 마주앉아 커피를 마시기에는 기이한 관계 아닙니까? 그쪽과 나, 말입니다."

누군가가 우리를 본다면 학교나 직장 선후배 관계로 오해하지 않을까.

"흥미로운 관계이기도 하지요."

그의 입가에 미소가 번졌다.

"솔직히 말하면 나는 그쪽이 누군지 모르고, 알고 싶지 않습니다."

"그런가요? 나는 출입문을 열고 들어서는 그쪽을 보며 오래전에 알았던 사람을 만난 것 같은 기분이었습니다."

그는 나보다 먼저 레스토랑에 와 자리를 잡고 있었다. 내가 약속 시간보다 십 분쯤 일찍 도착했는데도. 우연의 일치겠지만 그는 하필이면 사흘 전 내가 앉았던 자리에 앉아 있었다. 그러니까 사흘 전 나는 그가 앉아 있던 자리에 앉아 저녁 겸 안주로 돈가스를 시켜놓고 혼자 맥주를 마셨다.

"그거 참 이상한 말이군요."

"아마…… 그녀의 어떠한 점이 그쪽에게서 느껴져서일 것입니다."

"도대체 어떤 점이요?"

나는 다그치듯 물었다.

"설명하기는 어렵지만 아무튼 그쪽에게서……"

그는 어깨를 으쓱해 보였다. 시간이 필요한 걸까? 그는 나를 찾아온 이유를 말하지 않고 있었다. 만난 지 삼십 분도 지나지 않았지만 나는 세 시간은 족히 지난 것 같은 피로를 느꼈다.

내 질문에 그는 아직 대답을 하지 않았다. 과거의 남편과 현재의 남편이 지금 만나고 있는 것을 그녀도 아느냐는. 그가 내 질문을 일부러 회피하는 것인지, 아니면 다른 이야기를 하다가 대답할 타이밍을 놓친 것인지, 나는 도무지 판단이 서지 않았다.

"혹시 그녀가 보냈나요?"

그렇게 묻긴 했지만 그녀가 그를 내게 보낼 이유가 없었다. 그녀와 나는 구 년 전에 이미 끝난 사이였다. 둘 사이에 자식이 있다면 또 모를까. 내가 기억하고 있는 그녀는 시간이 흘러 나중에 딴소리를 하는 사람은 아니었다. 맺고 끊는 것이 칼같이 분명하고 단호한 사람은 아니었지만, 그렇다고 끝난 일이나 인간관계를 두고 연연하는 사람도 아니었다.

"그녀가요?"

그가 설명을 요구하는 눈빛으로 나를 건너다보았다.

"그쪽과 내가 만날 이유가 없으니까요. 안 그런가요?"

그러고는 나는 그에게서 차갑게 고개를 돌렸다.

그가 가버리기를 바랐지만 그런 일은 일어나지 않았다. 대신에 출입문이 열리고 한 무리의 사람이 우르르 몰려들어왔다. 사람들은 소란스럽게 떠들며 창가 쪽 테이블 두 개를 붙이고 빙 둘러앉았다. 마룻바닥에 테이블과 소파 다리가 끌리는 소리가 귀에 거슬려 미간을 찌푸리는 내게 그가 말했다.

"우리가 만나고 있는 것을 그녀는 모릅니다."

거나하게 취한 목소리들이 종업원에게 안주와 맥주를 주문하는 소리가 우리 테이블까지 들려왔다. 어디선가 일차를 하고, 이차로 맥주를 마시기 위해 몰려온 것 같았다. 그의 머리 바로 위 벽에 매달린 은색 스피커에서 흘러나오는 음악 소리까지 더해져 레스토랑 실내는 소란스러웠다.

그는 아직 나를 찾아온 이유를 말하지 않았다. 어쩌면 나를 찾아온 이유 같은 것은 애초에 없었는지도 몰랐다.

*

"실은 사고가 있었습니다."

"사고요?"

나는 반사적으로 되물었다. 그가 두 번 고개를 끄덕였다. 스탠드 불빛의 밝기는 그대로인데 그의 얼굴이 조금 전보다 어둡게 느껴졌다. 그가 나를 만나고 싶어한 이유가 어쨌든 그녀와 관련된 일일 거라고 짐작은 했지만, 나는 당혹스러웠다. 그에게서 그녀의 사고 소식을 전해 들으리라고는 꿈에도 생각 못했다. 그녀가 별일 없이 잘 지내고 있다는 소식을 들려주기 위해 그가 나를 만나자고 했을 리 없다는 걸 알고 있었으면서도.

"지난 3월에 택시를 타고 가다가…… 다행히 큰 사고는 아니었습니다. 외상도 없었고요. 혹시나 싶어 뇌 검사를 받아보았지만 아무 이상이 없었습니다. 그런데 일주일쯤 지나 사고 후유증이 나타나기 시작했습니다. 그런 사례가 종종 있는데, 병명이 외상 후 스트레스 장애라고 하더군요. 목과 어깨 통증 때문에 고통스러워하더니 불면증과 불안 증상에 시달리기 시작했습니다. 시간이 지나면 나아질 줄 알았는데 미용실 문을 못 열 정도로 심해졌습니다. 재작년에 성신여대 근처에 미용실을 냈거든요. 정형외과에서 물리치료와 약물치료도 받고 한의원에 다니며 침도 맞고 있지만 별 차도가 없습니다. 지금은 약을 먹지 않고는 잠들지 못할 정도로 불면증이 심합니다."

그는 거기까지 말을 마치고 커피를 마셨다. 그녀가 어떤 지경인지 한때 남편이었던 나도 알아야 한다고 생각해서 찾아온 것인가? 아니면 힘들다는 호소라도 하려고? 하지만 그녀가 죽어가고 있다고 해도 나와 상관없는 일이었다. 지난 3월이면 벌써 열 달 전 일이었다.

"그래서요?"

"그녀가 그쪽을 만나고 싶어합니다."

"날 말입니까?"

나는 실소를 터뜨렸다.

"그녀가 그쪽을……"

"무슨 소리를 하고 있는 겁니까?"

나는 그의 말을 자르고 소리질렀다. 맥주잔을 부딪치던 사람들이 호기심 어린 눈빛으로 우리 쪽 테이블을 흘끔거렸다. 나는 그의 멱살을 잡고 미친듯이 흔들고 싶은 충동을 간신히 참았다.

저것이 나를 찾아온 목적이었나?

"끝난 사이라는 걸 그쪽도 잘 알고 있지 않나요?"

나는 단호하게 말했다. 그녀와 이혼한 뒤 내가 분명히 깨달은 것이 있다면 남녀 관계만큼 불확실하고 차가운 관계가 또 없다는 것이었다. 나는 그녀의 연락처조차 모르고 있었다. 이 년 전쯤 나는 취중에 휴대전화에 입력된 그녀의 번호를 삭제해버렸다. 그렇다고 그녀라는 존재를 까맣게 잊은 것은 아니었다. 그래도 한때나마 아내였던 여자를 어떻게 잊을 수 있겠는가. 생각지도 못했던 순간에 그녀가 불쑥 떠오르고는 했지만 그로 인해 발생하는 감정의 파장이 일상을 뒤흔들 만큼 크지는 않았다.

"도대체 날 왜 만나고 싶어한답니까?"

나는 궁금했다.

"그녀가 사고를 당했다고 하지 않았습니까."

"그러니까 날 왜?"

그녀가 택시를 타고 가다가 당한 사고도, 사고 후유증도 나와는 무관한 일이었다. 그녀가 혹 불안과 불면증보다 더 심각한 증상에 시달리고 있는 것은 아닐까 하는 의심이 들었다. 정신과 치료가 필요할 만큼.

맥주잔을 연속해서 부딪치며 맥주를 마시던 무리 중 한 여자가 일어나 춤을 추기 시작했다. 커트 머리에 나이가 제법 들어 보이는 여자는 작고 통통한 몸을 출렁출렁 흔들며 자신이 추고 싶은 대로 춤을 추었다. 깊은 물속을 홀로 유영하는 것 같은 낯선 여자의 춤을 멀리서 바라보며 나는 그녀가 춤을 추는 모습을 한 번도 본 적 없다는 사실을 깨달았다. 연애 시절과 결혼 시절을 통틀어 한 번도.

그는 종업원을 불러 커피를 한 잔 더 주문했다. 나는 독한 위스키를 한 잔 마시고 싶었지만 그녀의 남편인 그 앞에서 감정이 흐트러진 모습을 보이고 싶지 않았다.

"그렇다면 왜 그녀가 오지 않고 그쪽이 온 겁니까?"

"그게…… 쉽지가 않아서요."

"그녀가 날 만나는 걸 그쪽이 원치 않아서가 아니고요?"

"설사 그렇다 해도 내 의사가 뭐 그리 중요하겠습니까."

"그쪽이 현재 그녀의 남편이라는 사실이 중요하지 않다는 겁니까?"

나는 반박했다.

"글쎄요, 남편이라는 존재가 무엇인지 나는 잘 모르겠습니다." 그는 고개를 흔들었다. "사고 후유증에 시달리는 그녀를 옆에서 지켜보며 든 생각입니다."

자조적으로 들리는 그 말이 내가 언젠가 하고 싶었던 말이기도 해서 나는 하려던 말을 삼켰다.

"지금 중요한 건, 그녀가 그쪽을 만나고 싶어한다는 것 아닐까요?"

그가 설득하는 눈빛으로 나를 바라보았다.

"그럼, 그쪽이 올 게 아니라 그녀를 보내지 그랬습니까?"

"그런 생각을 하지 않은 것도 아니지만 판단이 서지 않아서요."

"무슨 판단이요?"

"그녀가 그쪽을 만나는 것이 그녀의 회복에 도움이 될지, 해가 될지 좀처럼……"

"그래서, 날 만나고 나니 판단이 서나요?"

"솔직히 말하면, 더 모르겠습니다."

그는 고개를 저었다.

침묵을 먼저 깬 쪽은 그가 아니라 나였다.

"그렇다고 해도, 내가 그녀를 만나고 싶어하지 않을 수 있지 않습니까?"

"그렇다고 해도요?"

"나를 만나는 게 그녀의 회복에 도움이 된다 하더라도요."

"그것 역시 생각 못했던 것은 아닙니다."

그가 희미하게 웃었다.

"내가 그녀를 만나고 싶지 않다면요?"

"그녀의 회복에 도움이 될 거라는 확신만 선다면 나는 그쪽의 멱살을 잡고서라도 그녀에게 끌고 갈 겁니다."

그는 자신의 말이 결코 빈말이 아니라는 걸 일깨워주려는 듯 나를 뚫어져라 응시했다. 순간 나는, 그가 싸우기 위해 나를 찾아온 것이 아니더라도 우리가 싸울 수도 있겠다는 생각이 들었다.

"그녀와는 대체 어떻게 만났나요?"

궁금했지만 결코 하고 싶지 않았던 질문을 나는 그에게 했다.

가정법원에서 합의이혼 판결을 받던 날, 나는 그녀가 평생 혼자 살지도 모르겠다고 생각했다. 미용 기술이 있었지만 혼자 늙어갈 그녀를 상상하면 끔찍했다. 그래서였을까. 그녀의 재혼 소식을 전해 들었을 때 안도하는 한편 배신감 같은 감정에 사로잡혔다. 조금이라도 서운한 감정이 있었다면 그녀의 재혼이 너무 일러서였을 것이다. 그녀는 이혼한 지 사 년 만에 재혼해 다른 남자의 아내가 되었다.

"직장 근처 미용실에 머리를 다듬으러 갔다가요. 미용사가 셋 있었는데, 그녀가 내 머리를 다듬어주었습니다. 머리를 다 다듬고 난 뒤 감겨주겠다는 걸 거절했습니다. 돌아가신 어머니 말고 여자가 머리를 감겨준 적이 없어서요. 그녀가 다듬어준 머리 모양이 마음에 들었습니다. 유행을 따르지도 않고, 길이도 적당하고…… 한 달에 한 번꼴로 그 미용실에 머리를 다듬으러 갔고, 자연스럽게 그녀의 단골이 되었습니다. 이 년쯤 지났을까요. 머리를 다듬으러 갔는데 그녀가 보이지 않더군요. 내가 그녀를 찾는 눈치이자 다른 미용사가 그러더군요. 개인적인 사정이 있어서 그만두었다고요. 서운했지만 미용실을 옮기거나 하지는 않았습니다. 그녀가 그만두기 전처럼 한 달에 한 번꼴로 머리를 다듬으러 갔습니다. 그런데 일 년 뒤 그녀가 다시 돌아왔습니다. 아마 그즈음이 아닐까 싶습니다. 그러니까, 그녀가 이혼한 것이요. 크게 달라지거나 하지는 않았는데 뭔가 큰일을 겪고 난 사람 같아 보였습니다. 가슴에 수박만한 구멍 같은 것을 끌어안고 있는 것 같은……"

시끄럽게 떠들며 술을 마시던 무리 중 일부가 우르르 일어섰다. 거의 다 가버리고 세 사람만 남은 테이블은 빈 술잔과 흐트러진 안주, 구겨진 냅킨 등으로 지저분했다. 테이블을 응시하던 그가 혼잣말을 하듯 그러나 의미심장한 어조로 중얼거렸다.

"세 사람만 남았군요."

*

거의 흐트러짐이 없던 그의 몸이 앞으로 숙어졌다. 은밀하게 느껴질 정도로 나직이 잦아든 목소리로 그가 내게 물어왔다.

"무슨 일이 있었던 겁니까?"

*

"그쪽과 사는 동안 그녀에게 도대체 무슨 일이……"

그의 몸이 앞으로 더 숙어졌다. 면도 자국이 보일 만큼 그의 얼굴이 내 얼굴 가까이 있었다.

"무슨 일이 있었는지, 나보다는 그녀가 더 잘 기억하고 있지 않을까요?"

나는 되받아 물으며 그녀가 일기를 쓰는 사람이라는 걸 기억해냈다. 함께 사는 동안 그녀는 일기를 썼다. 그녀의 일기장을 서너 번 몰래 들추어보기도 했었는데 특별한 내용은 없었다. 말하자면 사는 데 별 도움이 안 되는 시시한 일들을 그녀는 일기장에 기록하고 있었다. 그녀의 일기가 특별한 데가 있다면 일기와 함께 그림을 삽화처럼 곁들인다는 것이었다. 그녀가 언제부터 일기를 썼는지 모르지만 일기를 써서인지 간혹 그녀가 시시콜콜한 일까지 쓸데없이 기억한다는 생각이 들 때가 있었다. 기억할 가치가 없는, 기억해봤자 사는 데 아무 도움이 안 되는 일까지도.

"끝이 나지 않았다면요?"

그가 몸을 바로 하고 조용히 물었다.

"무슨 뜻입니까?"

"끝이 난 게 아니라면요? 끝이 난 게……"

그가 되물었다.

아직 치를 것이 남았다는 뜻인가. 이혼 후 나는 쉽지 않은 시간을 보냈다. 마흔 초반에 이미 인생을 실패한 것 같은 좌절감에 꽤 오래 시달렸다. 잘 다니던 영화사에 사표를 던질 만큼 충동적이고 불안정한 날들을 보내며 나는 치를 것을 치르고 있다는 가학적인 안도감에 휩싸이고는 했다. 치를 것이 설사 남아 있다 하더라도 시간이 구 년이나 지나지 않았

나. 더구나 이혼을 요구한 쪽은 그녀였다. 그녀와의 결혼생활이 내게 일깨운 것이 있다면 내가 결혼에 적합하지 않은 사람이라는 것이다. 그럼에도 불구하고 나는 이혼을 원하지 않았다. 이혼 대신 별거를 제안했지만 그녀는 받아들이지 않았다. 그녀와 이혼한 후 나는 한동안 집 열쇠를 잃어버린 것 같은 불안에 시달렸다. 집으로 돌아가도 열쇠를 잃어버려 그 안으로 들어가지 못할 것 같은. 겨우 극복한 불안이 내 안에서 재발하려 하고 있었다. 그러잖아도 나는 요즘 불안정하고 의욕 없는 삶을 신장 투석이라도 받는 기분으로 꾸역꾸역 이어가고 있었다. 더구나 두 달 전 나는 재혼을 염두에 두고 진지하게 사귀던 여자와 헤어졌다.

나는 문득 어째서 그녀가 아니라 그가 가운데 누워 있었는지 궁금했다. 그러니까 셋이 등장한 꿈속에서. 그러나 그것은 어디까지나 꿈이었다. 꿈이 무의식을 반영한 것이라면 그녀의 무의식이 그녀 자신과 나 사이에 그를 위치시킨 것이다. 내게는 그녀의 무의식에 관여할 권리가 주어지지 않았다. 그녀에 대해 내게는 어떤 권리도, 의무도 없었다.

나는 그와의 대화를 그만 끝내고 싶기도, 둘 중 하나가 지쳐 나가떨어질 때까지 계속 이어가고 싶기도 했다.

"우리가 어쩌다 이혼하게 되었는지도 그녀가 이야기하지 않던가요?"

"아니요."

고개를 젓는 그에게 나는 신경질적으로 쏘아붙였다.

"정말 지독하지 않습니까? 하여간 사람을 질리게 하는 데가 있다니까요."

동부 시외버스 터미널 근처 예식장에서 결혼식을 올리고 육 년을 사는 동안 우리가 어떻게 사는지 제대로 아는 사람은 없었다. 그녀는 친정 식구들뿐 아니라 가장 가까운 친구에게조차 자신의 결혼생활에 대해 철저하게 침묵했다. 아무것도 모르는 그녀의 친정 식구들은 그녀가 서른 중반이 넘도록 아이를 갖지 않는 것에 대해서만 걱정했다.

*

"그녀가 아이 얘기를 하던 중에 그쪽 이름을 중얼거렸다고 하더군요. 염창동 아파트에 살 때 윗집에 살던 아이 얘기를 하다가요…… 상담을 받던 중에요."

"아이요?"

"불안 증세와 불면증이 심해져서 일주일에 한 번 심리 상담 전문가의 상담을 받고 있습니다. 제 여동생이 마침 그쪽 일을 하고 있어서 상담사를 소개받았거든요. 상담중에 그녀가 윗집에 살았던 아이 이야기를 꺼냈나봅니다."

"왜요? 그 아이와 무슨 일이라도 있었습니까?"

내 빈정거리는 말투에도 그는 평정심을 잃지 않았다.

"오 년 전 함께 살기로 하고, 염창동 쪽에 아파트를 얻었습니다. 함께 산 지 두 달쯤 되었을까요. 퇴근해 집에 갔는데 그녀가 평소와 다르게 불안해 보였습니다. 저녁을 먹다 말고 갑자기 휴대전화를 집어들더니 어딘가로 전화를 걸더군요. 통화 내용을 들으며 그녀가 경찰에 신고 전화를 하고 있다는 걸 깨달았습니다. 통화가 끝나기를 기다렸다가 무슨 일이냐고 물었더니 그녀가 그러더군요. 오후 다섯시만 되면 욕실 환풍구를 통해 윗집 여자가 아이에게 욕설을 퍼붓는 소리가 들린다고요. 등짝 같은 데를 때리는 소리하고, 어린 남자아이가 겁에 질려 우는 소리가요. 내가 퇴근해 집에 돌아온 것이 저녁 일곱시쯤이었는데, 조금 전까지도 계속 들려왔다고요. 윗집 부부를 엘리베이터에서 만난 적이 있는데 평범하고 교양 있어 보이는 사람들이었습니다. 거칠어 보이는 사람들은 아니었습니다. 아이가 뭔가 잘못을 해서 혼내는 걸 거라는 내 말에 그녀가 화를 내더군요. 평소 좀처럼 화를 낼 줄 모르는 사람이 얼굴이 벌게지도록 흥분해서는 그러더군요. 단순히 혼내는 소리가 아니라고요. 아이의 억눌린 울음소리를 들으면 알 수 있다고요. 그녀의 신고로 경찰이 윗집에 다녀가기는 했는데 형식적인 방문에 그쳤습니다. 자신을 경찰에 신고한 사람이 그녀라는 것을 어떻게 알았는지 윗집 여자가 우리집을 찾아왔습니다. 남의 집 일에 신경쓰지 말라고 그녀에게 쏘아붙이는 여자의 살기 어린 눈빛을 보고 나서야, 그녀의 말이 맞을지도 모르겠다는 의심이 들었습니다. 이후로도 오후 다섯시가 되면 환풍구를 통해 아이에게 욕설을 퍼붓고 물리적인 폭력을 가하는 소리가 들려왔지만 그녀가 할 수 있는 것은 아무것도 없었습니다. 혹시나 소리가 들리지 않으면 그녀가 덜 힘들까 싶어서 욕실에 의자를 가져다놓고 그 위에 올라가 누런 박스 테이프로 환풍구를 막고 있는데 그녀가 그러더군요."

차분히 이야기를 풀어가던 그는 돌연 침묵에 잠겼다. 일분여가 흐른 뒤에야 그가 침묵을 깨고 또박또박 음절을 끊어가며 말했다.

"살려달라는 소리를 못 들으면 어떻게 하느냐고요." 삼 초 정도 간극을 두었다가 그는 나지막이 되뇌었다. "살려달라는 소리를요."

나도 모르게 테이블로 손을 뻗어 물컵을 움켜쥐었다. 그 안에는 물이 삼분의 일 정도 담겨 있었다. 물컵을 천천히 기울여 물컵 가장자리로 물이 쏠리게 했다. 나는 물컵을 천천히 더 기울였다. 물이 물컵 밖으로 토해지려는 순간에 물컵을 바로 세우고 그에게 물었다.

"그래서 살려달라는 소리를 들었답니까?"

"말이 얼만큼의 영향력을 가지고 있다고 생각하나요?"

이야기의 흐름을 벗어난 엉뚱한 질문에 나는 정색하고 그를 쳐다보았다.

"말이요?"

"인간의 입에서 나오는 말, 말입니다."

"그런 걸 생각하고 살 여유가 있어야지요."

나는 입술을 구겼다.

"내가 공대를 나온데다 시 한 편, 편지 한 장 제대로 쓴 적 없을 만큼 말에 대해서라면 무지해서요."

그가 멋쩍은 표정을 지었다.

"무슨 이야기를 하고 싶은 겁니까?"

"일기 한 편 제대로 쓴 적 없지만, 말이 무서운 거라는 걸 알겠습니다."

"그래서, 살려달라는 소리를 들었답니까?"

엉뚱한 곳으로 흘러가버린 대화를 원점으로 되돌리기 위해 나는 독촉하듯 물었다.

"천장 하나, 벽 하나, 창문 하나, 문 하나를 사이에 두고 있는 이웃집에서 무슨 일이 벌어지고 있는지 우리가 어떻게 알겠습니까. 벽을, 창문을, 문을 부수고 그 안으로 들어가보지 않고서야 말입니다."

벽을 부수고 들어가면 무슨 일이 벌어지는지 알 수 있을까? 창문을, 문을 부수고 들어가면? 나는 반박하고 싶었다. 벽 너머에 또다른 벽이, 창문 너머에 또다른 창문이, 문 너머에 또다른 문이 버티고 있을 수도 있다는 걸 모르는 걸까?

"그래서 살려달라는 소리를 들었답니까?"

"일 년을 못 살고 그 염창동 아파트를 이사 나왔습니다."

"아, 그래요?"

"이사를 나오기 전, 그녀가 윗집 아이를 집으로 데려온 적이 있습니다. 아파트 놀이터에서 혼자 놀고 있는 아이를요. 집에 그녀가 혼자 살 때부터 기르던 십자매가 한 마리 있었습니다. 부리가 붉고, 목덜미와 배 부분이 목화처럼 새하얀 십자매였습니다. 그녀가 일하던 미용실 원장이 기르던 십자매인데 사정이 있어서 그녀가 기르게 되었다고 하더군요. 그녀가 간식거리를 챙기는 동안 아이가 새장 앞에 붙어 서서 십자매를 향해 무슨 말인가를 중얼거리더래요. 사과주스가 든 컵을 건네며 십자매에게 무슨 말을 했는지 물었는데, 아이가 대답을 않더랍니다. 그런데 글쎄…… 아이가 다녀간 다음날 십자매가 죽어버렸습니다."

그는 물을 한 모금 마시고 다시 이야기를 이어갔다.

"죽은 십자매를 아파트 화단 양지바른 곳에 묻고 돌아서는데 새장 속 십자매를 향해 중얼거리던 아이의 모습이 그녀의 머릿속에 떠오르더랍니다. 아이가 도대체 무슨 말을 했는지 궁금해서 미칠 것 같았답니다. 그래서 학교에서 돌아오는 아이를 아파트 입구에서 기다렸다가 물었답니다. 십자매에게 무슨 말을 했는지…… 아이가 대답을 않고 가버리려고 해서 그녀는 자신도 모르게 아이의 팔을 붙들고 재차 물었답니다."

그가 갑자기 내 얼굴을 뚫어져라 응시해서 나는 내가 그 아이라도 된 것 같은 착각이 들었다.

"그래, 그 아이가 뭐라고 했답니까?"

나는 재미없는 대사를 달달 암기하고 있다가 기계처럼 외우는 기분으로 그렇게 물었다.

"죽어!"

그가 탄식을 토하듯 내뱉는 동시에 내 입이 덩달아 벌어졌고, 나는 그 말이 내 입에서 토해진 것 같은 착각에 휩싸였다.

나는 마음 같아서는 자리를 털고 일어나 가버리고 싶었다. 하지만 내가 그대로 가버리면 그가 또다시 연락을 해올 것 같았다. 오늘 이후로 나는 그와 얼굴을 마주하는 일이 없기를 바랐다. 길이나 지하철에서 우연히 마주치는 것은 어쩔 수 없겠지만. 그녀가 아니었으면 존재조차 모를 타인이 아닌가.

*

"그 아이가 한 말 때문에 십자매가 죽었을 수도 있다는 생각을 떨치기가 힘들다고 했습니다."

"설마요!"

"우연에 불과하다고 거듭 말했지만 그 생각을 떨치기가……"

"설사 그렇다 해도 그녀 잘못이 아니지 않습니까."

나는 빈 깡통을 찌그러뜨리는 심정으로 얼굴을 구겼다.

"그렇다 해도요?"

"아무튼……"

나는 고개를 저었다.

"그럼 그쪽은 그랬을 수 있다고 생각하는 건가요? 그러니까, 그 아이가 한 말 때문에 십자매가 죽었을 수도 있다고……"

"그렇다 해도 십자매에게 저주를 퍼부은 건 그 아이이니, 그녀의 잘못이 아니라는 말을 하고 싶었던 겁니다."

"그렇지만 그녀가 그 아이를 집으로 데리고 왔고, 십자매와 그 아이를 만나게 해주었으니……"

"그러게 그녀는 왜 잘 알지도 못하는 아이를 집으로 데리고 왔답니까!"

나는 흥분해 소리질렀다.

"그 아이가 한 말 때문에 십자매가 죽었을 수도 있을까요?"

"그쪽이야말로 그렇게 생각하는 것 아닙니까?"

나는 급소를 찌르듯 되받아쳤다.

"괴로워하는 그녀를 옆에서 지켜보면서 처음에는 그녀가 지나치다고 생각했습니다. 그녀에 대해 충분히 알지 못한 채 섣부르게 재혼을 결심한 게 아닌가 하는 후회도 했고요. 수년 동안 그녀의 단골이었지만 서로 말을 나눈 게 겨우 스무 마디 정도였으니까요. 그녀에게는 누누이 우연에 불과하다고 했지만 잘 모르겠더라고요. 그럴 수도 있지 않을까 싶은

게……"

"그럼, 그렇게 생각하면 되겠네요."

"그렇게요?"

"그 아이가 퍼부은 저주 때문에 십자매가 죽은 거라고 생각하면 간단하지 않나요?"

"그렇지만 그건 그 아이에게 너무 가혹한 일이 아닌가요? 더구나 그 아이가 부모에게 학대받는 아이라면 더욱……"

"그 아이도 아나요?"

"뭘요?"

"십자매가 죽은 걸 말입니다."

"그녀가 말하지 않았으니 모를 겁니다."

그러나 나는 어째서인지 십자매가 죽은 걸 그 아이가 알고 있을 것 같았다. 그녀는 물론 아무도 그 아이에게 알려주지 않았는데도.

십수 년 전, 신혼집이기도 하던 부암동 빌라에 살던 때가 떠올랐다. 가파른 언덕에 자리한 빌라 앞에 오래된 단독주택이 자리잡고 있었는데 베란다 창으로 단독주택 마당이 내려다보였다. 베란다 창 앞에 석고상처럼 서 있던 그녀에게 내가 다가가려 하자 그녀가 말했다. 새가 날아갈 때까지 자신을 내버려둬달라고. 나는 더 다가가지 못하고 그녀의 어깨 너머로 마당을 내려다보았다. 잎이 다 진 살구나무의 목탄 같은 가지에 비둘기보다 작은 새가 앉아 나뭇가지와 함께 흔들리고 있는 것이 눈에 들어왔다. 참새나 동박새는 아니었다. 먹지를 오려서 만든 듯 까만 새는 날아갈 듯 날아갈 듯 날아가지 않았다.

함께 산 육 년 동안 그녀와 나, 둘 사이에 완전한 평화가 깃들었던 적이 있었다면 그 시간이 아닐까. 진동하는 현처럼 흔들리는 나뭇가지 위의 새가 날아갈 듯 날아가지 않던.

“스무 마디 정도밖에 안 나누어본 그녀와 어쩌다 재혼까지 결심하게 되었나요?”

나는 갑자기 그게 궁금했다.

“서울에서 세계불꽃축제가 열리던 토요일이었습니다. 결혼식장에 갈 일도 있고 해서 머리를 다듬으러 갔습니다. 그녀가 일하던 미용실이 선유도공원에서 그리 멀지 않아, 돗자리와 먹을 걸 손에 든 사람들이 한강으로 몰려가는 것이 미용실 통유리 너머로 내다보였습니다. 묵묵히 내 머리를 다듬던 그녀가 문득 그러더군요. 축제를 준비하던 용역업체 직원 중 하나가 한강에 빠져 실종되었다고요. 바지선을 타고 조명을 설치하는 작업을 하다가 말입니다. 실종된 사람을 찾지 못하고 있는데도 사람들이 불꽃축제를 즐기기 위해 한강으로 몰려가고 있는 게 이상하다며 고개를 갸웃거렸습니다. 그날 처음으로 그녀에게 머리를 감겨달라고 했습니다…… 그것이 그녀와 나의 시작이었습니다."

시작이라는 말을 듣는 순간 나는 포장을 막 뜯은 면도날이 심장을 긋고 지나가는 것 같은 서늘한 통증을 느꼈다.

이혼 후 사 년이라는 시간이 막간처럼 존재했지만, 나와의 끝이 그와의 시작이 되었다는 사실이 아이러니했다.

끝이 시작이 되는 것이.

"아, 손을 잡고 있었답니다."

"뭐라고요?"

"꿈속에서 그쪽하고 내가요."

다소 굳어 있던 그의 만면에 웃음이 번졌다.

"꿈속에서 그녀가 잠들어 있었다고 하지 않았나요?"

"꿈속에서는 죽은 사람과 대화를 하기도 하니까요."

*

잠든 사내의 양어깨를 두 손으로 움켜잡고 흔들던 바바리

코트 차림의 사내가 몸을 일으켰다. 사내가 잠든 사내를 두고 가버릴까봐 염려되었지만 그것은 내가 신경쓸 일이 아니었다. 몸집이 큰 편인 사내는 비틀거리며 출입문 쪽으로 걸어갔다. 당겨 열게 되어 있는 출입문을 억지로 밀어 열고 레스토랑 밖으로 걸어나갔다.

레스토랑에 손님이라고는 그와 나, 잠든 사내, 이렇게 셋뿐이었다.

종업원이 의혹 어린 눈길로 우리 쪽 테이블을 흘끔거리는 것이 느껴졌다. 두 남자가 구석진 테이블을 차지하고 커피를 리필해 마시며 두 시간 가까이 마주앉아 있는 것이 이상하게 보일 수 있겠다는 생각이 들었다. 그와 나 사이에 흐르는 묘한 긴장감이 종업원에게도 느껴지리라.

꿈속에서 서로 손을 잡고 있었다는 말을 들어서일까? 그라는 존재가 새삼 의식되면서 부담스럽다못해 거북했다. 거절하지 않은 것이 후회되었지만, 시간을 되돌린다고 해도 거절하지 못하리라는 걸 나는 잘 알았다. 나는 차라리 그녀의 꿈속이었으면 싶었다. 그와 손을 잡고 나란히 누워 있는 게 나을 것 같았다. 잠든 그녀가 그의 옆에 누워 있고.

길어진다 싶은 침묵을 깬 쪽은 내가 아니라 그였다.

"그 아이를 떠올릴 때마다 그쪽이 함께 떠오른답니다."

"……"

"그 아이가 집에 다녀가고 십자매가 죽은 뒤로…… 샴쌍둥이처럼 그쪽과 아이가 함께 떠오른다고요. 장작을 쪼개듯 둘을 쪼개려 애쓰지만 잘 안 된다고요…… 이유가 무엇일까요?"

그가 의혹 어린 눈길을 내게 던졌다.

"그녀가 그 아이를 떠올릴 때마다 그쪽이 덩달아 떠오르는 이유 말입니다. 그녀의 짐작대로라면 부모에게서 학대받은 아이가요."

그의 멱살을 잡고 싶은 충동을 겨우 억누르고 있는데 출입문이 열리고 바바리코트 차림의 사내가 들어섰다. 사내는 출입문 앞에 버티고 서서 바바리코트 주머니에 두 손을 찔러넣고 몸을 앞뒤로 흔들며 레스토랑 안을 둘러보았다. 우리 쪽 테이블을 쏘아본 뒤 잠든 사내 옆으로 가 자리를 잡고 앉았다.

*

"그 아이가 떠오를 때마다 고통스럽다고 했습니다. 그러니까, 그쪽이 떠오를 때마다…… 그 아이를 떠올리는 것은, 그쪽을 떠올리는 것이기도 하니까요."

반박하고 싶었지만 무슨 말을 해야 할지 떠오르지 않았다. 그대로 일어나 가버리고 싶은 걸 참고 나는 버티고 앉아 있었다.

"어제 그녀를 염창동 아파트에 데리고 갔었습니다. 염창동 아파트에 데려다달라고 하도 부탁해서요. 그곳에 왜 가려고 하는지 짐작이 가면서도 설마설마했습니다. 아파트는 그대로였지만 그사이에 경비원들이 바뀌어 있었습니다. 아파트 주차장에 차를 세우고 십 분쯤 앉아 있었을까요? 그녀가 차에서 내리더니 현관으로 걸어갔습니다. 그제야 나는 그녀가 왜 염창동 아파트에 오려고 했는지 깨달았습니다. 윗집 사람들은 그사이에 이사를 가버리고 없었습니다. 그녀는 윗집 사람들이 여전히 그곳에 살고 있을 줄 알았던 모양입니다."

그의 말을 들으며 나는 속으로 반문했다. 그녀가 그렇게 오지랖이 넓었던가. 내가 알던 그녀는 소심하게 느껴질 만큼 조심스러운 사람이었다.

"그뒤로 염창동 아파트에 두 번을 더 갔습니다. 그녀의 행동을 나는 병적인 강박으로 치부했습니다. 아이가 없는 결핍이 불러일으킨…… 그래서 그녀에게 말했습니다. 그 아이가 어디서 어떻게 자라든 당신이 염려할 일이 아니라고. 그 아이가 설사 불행하게 자란다고 해도 당신 탓이 아니라고."

*

"유치원에 다니던 아이는 초등학생이 되었겠지요. 어느 날 중학생이 되고, 고등학생이 되고, 그 어느 날 어른이…… 그 아이는 지금 어디서 어떻게 자라고 있을까요?"

그걸 왜 내게 묻는 것이냐고 나는 되묻고 싶었지만 다물린 입이 떨어지지 않았다.

마침내 내가 이야기할 차례인가. 나는 스스로에게 물었다. 그가 꿈 이야기로 시작했으니, 나도 꿈 이야기를 시작해야 할까.

"혹시 자라는 동안 아버지를 살해하고 싶은 충동에 한 번이라도 사로잡혀본 적 있습니까?"

"아니요."

그가 고개를 흔들었다.

"나는 지금도 아버지를 살해하고 싶은 충동에 사로잡히고는 합니다. 아버지가 돌아가신 지 십삼 년이나 지났는데도 말입니다. 그래서인지 아버지를 살해하는 꿈을 가끔 꿉니다. 아버지의 목을 조르기도 하고, 아버지의 머리를 권총으로 쏘기도 하고, 높은 건물 옥상이나 절벽 같은 곳에서 아버지의 등을 떠밀기도 하고요."

내 최초의 기억. 그것은 아버지가 어머니를 도축한 개나 돼지처럼 질질 끌며 마루에서 방으로 넘어가던 장면이었다. 살아오는 동안 아무에게도 하지 않은 이야기를, 그녀에게조차 하지 못했던 이야기를 나는 그에게 하고 있었다.

초등학교 5학년 겨울방학, 내복 바람으로 새벽의 골목을 내달린 적이 있다. 빙판 진 골목 곳곳에는 연탄재가 뿌려져 있었다. 토목 회사에 다니던 아버지가 새로 발령받아 내려간 충주는 친척 한 명 살지 않는 낯선 곳이었다. 나는 굳게 닫힌 철대문 손잡이를 잡고 미친듯이 흔들었다. 잠들었던 개들이 깨어나 차갑게 언 허공을 향해 다투듯 짖는 소리가 골목을 갈기갈기 찢듯 울렸다. 서리 낀 손잡이에 달라붙은 손바닥 살점이 녹슨 칼날에 베여 떨어져나가는 것처럼 쓰렸다. 아무리 흔들어도 열리지 않을 것 같던 대문이 열리고, 내복 위에 카디건을 걸친 아버지의 직장 동료가 나타났다. 부스스한 머리카락을 손으로 쓸며 놀란 눈으로 나를 바라보는 그에게 나는 병든 염소처럼 입김을 하염없이 토하며 말했다. 아버지가 어머니를 죽이려 한다고. 미간을 구기고 나를 바라보던 그가 내게 물었다. 네 아버지가 누구냐? 내가 아버지의 이름을 말하자 그의 미간이 더 구겨졌다. 옷을 입고 뒤따라갈 테니 집에 가 있어라. 나는 고개를 끄덕여 보이고 집으로 달려갔다. 금방 뒤따라올 것 같던 아버지의 동료는 그러나 날이 환하게 밝도록 오지 않았다. 밤새 죽다 살아난 어머니는 기듯 부엌으로 가 밥을 짓고 국을 끓였다. 콩나물을 무치고 어묵을 볶아 형과 내 도시락을 쌌다.

아버지가 어머니를 죽일지 모른다는 불안에 시달린 게 몇 살 때부터일까. 어머니의 뱃속에서부터가 아닐까.

나는 차라리 아버지가 어머니를 죽이기를 바랐다. 아버지가 절대로 자신의 손으로 어머니를 죽이지 않으리라는 걸 깨달은 뒤로는. 아버지는 금치산자처럼 어머니 없이는 하루도 제대로 살지 못했다. 의식주를 온전히 어머니에게 의지했다.

어머니의 임종을 지킨 사람이 아버지였다는 생각을 하면 나는 고통스러웠다. 어머니가 대구에 있는 대학 병원 응급실에서 숨을 거둘 때, 형과 나는 경부고속도로 위에 있었다. 나는 시속 백삼십 킬로로 차를 몰며 어머니가 제발 살아 있기를 기도했다. 그것은 내 처음이자 마지막 기도였지만 내가 도착했을 때 어머니의 숨은 끊어져 있었다. 여섯 살이나 나이 차이 나는 형을 만날 때마다 나는 궁금했다. 폭력이 장남인 그에게도 공평하게 대물림되었는지.

나는 어깨를 앞으로 쑥 내밀고 그의 얼굴 가까이 내 얼굴을 들이댔다. 종업원이 볼 때 우리가 마치 키스를 나누는 것처럼 보일 만큼.

"폭력도 대물림된다는 말을 들어본 적 있습니까?"

첫 폭력은 그녀가 자취를 하던 집 근처 초등학교 운동장 미끄럼틀 옆에서였다. 연애를 시작한 지 구 개월쯤 되었을 때였다. 마산이 본가인 그녀는 서울에서 혼자 자취를 하고 있었다. 어둠 속에서 희끄무레 빛나는 교실 유리창들이 내가 그녀에게 하는 짓을 조용히 지켜보고 있었다. 바람이 불지 않아 운동장 둘레에 심어진 플라타너스들은 굳은 유화 물감 덩어리 같았다.

그녀가 전화를 받지 않은 것이 화근이었다. 회식이 있었고, 회식 장소인 고깃집이 시장통처럼 시끄러워 전화가 걸려온 것을 몰랐다는 그녀의 항변은 내 귀에 들어오지 않았다.

경비원이 플래시를 흔들며 다가왔다. 울고 있는 그녀의 얼굴을 비추었다.

플래시 불빛과 눈물로 얼룩진 그녀의 얼굴이 번들거렸다. 무슨 일이냐고 묻는 경비원에게 그녀가 울먹거림을 간신히 삼키고 중얼거렸다.

"아무 일도 아니에요……"

내 아버지가 죽었을 때, 아무것도 모르는 그녀는 그를 위해 눈물을 흘렸다.

*

"내 아버지의 비석에는 아직도 그녀의 이름이 새겨져 있습니다."

"그런가요?"

약간 놀라는 눈빛이었지만 그의 목소리는 담담했다.

"지금은 어떤지 모르지만 내 아버지가 돌아가셨을 때 비석에 자손들의 이름을 일일이 목차처럼 새겨넣는 게 유행이었거든요. 누군가 비석을 깨뜨려 부수지 않는 한 그녀의 이름이 언제까지나 새겨져 있겠지요."

그가 그만 가버리기를 바라고 한 말이었지만 그는 여전히 내 앞에 버티고 앉아 있었다.

아버지의 손톱을 다듬어주던 그녀의 모습이 떠올랐다. 이혼 전, 요양원에서 지내는 아버지를 만나러 갔을 때였다. 요양원 실장과 상담을 하고 돌아왔을 때 그녀가 아버지의 손을 자신의 무릎 위에 놓고 손톱을 깎아주고 있었다. 집으로 돌아오는 차 안에서 나는 운전대를 주먹으로 때리며 그녀에게 무섭게 화를 냈다. 뒤따라오던 트럭이 클랙슨을 연속해서 울려댈 정도로 차가 심하게 흔들렸다. 내가 화를 내는 이유를 그녀는 알지 못했다. 내가 그 이유를 끝끝내 말해주지 않았으므로. 그뒤로 아버지를 만나러 갈 때 나는 그녀를 데려가지 않았다. 내가 이삼십 분쯤 머물다 떠날 때까지 아버지는 애타게 누군가를 찾는 눈빛으로 문 쪽을 더듬었다. 아버지가 그녀를 찾고 있다는 것을 알면서도 나는 모르는 척했다.

"우리는 혼인신고를 하지 않았습니다."

"그런가요?"

"그녀가 원하지 않아서요."

오 년을 살면서 그녀가 혼인신고를 원하지 않은 데는 이유가 있을 것이다. 나는 그 이유를 알 것도 같았다. 이혼의 과정이 감당하기에 만만치 않았던 것이 그 이유가 아닐까? 이혼할 때 그녀는 그 누구에게서도 자신의 결정을 이해받지 못했다. 친정 식구들에게서도. 이혼을 결심하게 된 진짜 이유에 대해 말하지 않았으므로. 내가 실은 얼마나 폭력적인 인간인지 그녀는 끝까지 함구했다. 마치 그녀 자신만 알고 있어야 하는 비밀이라도 되는 듯. 매사에 합리적이고 매너가 좋아 영락없는 서울 토박이라는 소리를 듣는 내가 실은 어떤 인간인지를.

"그쪽도 원하지 않았나요?"

"나는 원했지만, 강요하고 싶지 않았습니다. 계약서에 사인을 안 한 것처럼 찝찝했지만, 살다보니 법적으로 부부인 것이 뭐 그리 중요할까 하는 생각이 들더군요. 그리고 무엇보다 함께 살고 있다는 게 중요하니까요. 그녀와 내가 지금 함께 살고 있다는 것이요…… 실은 며칠 전에 그녀가 일기장에 그려넣은 그림을 우연히 보았습니다."

그의 말을 들으며 나는 속으로 생각했다. 그녀가 여전히 일기를 쓰고 있고, 삽화처럼 그림을 그려넣고 있구나 하고.

고등학교에 진학할 즈음 아버지가 실직을 하는 바람에 어려운 고등학교 시절을 보냈다는 것을 나는 그녀의 어머니에게서 들어 알고 있었다. 그림을 곧잘 그리던 그녀를 미대에 보내는 것이 허영일 만큼. 생활력이 강하던 어머니가 보험일을 해서 돈을 벌었지만, 대학생이던 두 오빠의 등록금을 대기에도 빠듯했다. 고등학교를 졸업하던 해 그녀는 대학교에 진학하는 대신에 미용 기술을 배웠고 마산을 떠나 서울로 올라왔다. 건국대 근처 미용실에 취직해 돈을 벌었다. 뒤늦게라도 입시 학원에 다녀 미대에 진학하려던 그녀의 계획은 어머니가 세 차례나 허리 디스크 수술을 받는 바람에 무산되었다. 그녀가 입시 학원에 다니기 위해 모은 돈은 고스란히 어머니의 수술비로 들어갔다.

"아이와 남자, 여자 이렇게 세 사람과 새가 등장하는 그림이었습니다. 그녀의 일기장에서 보았다는 그림이요. 아이는 그 아이일 테고, 남자는 그쪽, 여자는 그녀 자신이겠지요. 그리고 새는 십자매이고요. 십자매가 아이의 손보다 큰 것이 인상적이었습니다."

"그림 속 남자가 내가 아니라 그쪽일 수도 있지 않습니까?"

나는 발끈했다.

"그게…… 남자가 그쪽처럼 안경을 쓰고 있었거든요."

"그래, 셋이 뭘 하고 있었습니까?"

"아이는 죽은 십자매를 두 손에 들고 있고, 그쪽은 한쪽 무릎을 꿇고 앉아 땅을 파고 있고, 그녀는 십자매를 감쌀 손수건을 펼쳐들고 아이의 뒤에 서 있었습니다. 아무래도…… 죽은 십자매의 장례식을 치르는 장면 같았습니다."

그의 눈길이 물컵을 움켜잡고 있는 내 손을 향했다.

"손으로 땅을 파고 있었습니다. 그쪽이요. 십자매가 아이의 손보다 컸던 것보다 더 인상적이었던 것은…… 아이의 두 손이 흰색이었다는 겁니다."

아이의 두 손이 흰색이라는 말을 듣는 순간 소름이 끼쳤지만, 흰색이 아니면 무슨 색이어야 할까 싶었다.

"죽은 십자매도 흰색이었고요."

'흰 손 위의 흰 새……'

나는 속으로 중얼거리며 그 그림을 언젠가 본 적이 있는 것 같은 기분에 휩싸였다.

"십자매를 아파트 화단에 묻은 날 밤 좀처럼 잠을 이루지 못하던 그녀가 중얼거리는 소리를 들었습니다."

"……?"

"십자매가 살아 있을 것 같다고요."

"그래서 밤에 자다 말고 화단으로 나가 다시 땅을 파보기라도 했나요?"

내 질문에 그는 입을 다물고 나를 물끄러미 바라보았다.

충주에 살 때 아버지가 진돗개를 기른 적이 있다. 출산 중

명서까지 있던 진돗개에 대한 아버지의 애착은 대단해서 아침저녁으로 산책을 시켜주고, 손수 사료를 챙길 정도였다. 그런데 수원 큰집에서 설 명절을 쇠고 돌아왔더니 진돗개가 목줄을 목에 친친 감고 죽어 있었다. 굵은 쇠 목줄이 목에 감겨 질식사한 것이었다. 아버지는 연탄가게에서 빌려온 리어카에 진돗개를 싣고 마을 야산으로 올라갔다. 아버지가 삽으로 구덩이를 파는 모습을 나는 두려움에 떨며 말없이 구경했다. 진돗개를 구덩이 속으로 밀어 떨어뜨리고 삽으로 흙을 퍼붓는 것을, 삽으로 흙을 내리쳐 단단하게 다지는 것을.

리어카를 되돌려주고 집에 돌아와 저녁을 먹던 아버지는 돌연 삽을 다시 챙겨들고 야산으로 올라갔다. 내가 무슨 일인가 싶어 쫓아 올라갔더니 아버지는 기껏 다진 땅을 도로 삽으로 파헤치고 있었다. 구덩이에서 끌어올린 진돗개의 가슴을 손으로 더듬던 아버지가 중얼거리는 소리를 나는 똑똑히 들었다.

"틀림없이 죽었어!"

아버지는 혹시나 진돗개가 살아 있을지도 모른다고 생각했던 것이다.

인간이 얼마나 모순적이고 의문투성이인 존재인지를 내가 깨달은 적이 있다면 그때가 아닐까.

성냥이 스스로 타오르듯, 폭죽이 저절로 터지듯, 스스로도 어쩌지 못하던 폭력의 근원에 대해서는 차마 말하지 못했지만, 진돗개 이야기를 그녀에게 들려준 적은 있었다. 그날 이후로 아버지가 다시 구덩이 속으로 밀어넣은 진돗개가 살아 있을지 모른다는 강박에 문득문득 시달리고는 한다고 그녀에게 고백했던가.

시작이 있었다면, 그것이 그녀와 나의 시작이었다.

"준비가 되었나요?"

그가 물었다. 담담한 목소리였지만 어쩐지 무서운 질문 같아 나는 발작적으로 어깨를 떨었다.

"뭘 말입니까?"

"죽은 십자매의 장례식에 초대받을 준비 말입니다."

"그 아이와 함께 말입니까?"

"그렇겠지요."

얼굴을 본 적도 없는 그 아이가 나는 낯설지 않았다. 그 아이가 새장 앞에 서서 십자매를 향해 죽어, 하고 중얼거릴 때 내가 그 옆에 조용히 서 있었던 것 같은 착각이 들 정도로.

*

바바리코트 차림의 사내가 잠든 사내를 억지로 일으켰다. 부축하듯 끌어안고 출입문 쪽으로 걸어갔다. 카운터를 지키고 있던 종업원이 재빠르게 다가가 출입문을 열어주었다.

종업원은 우리 쪽 테이블로 다가왔다. 피곤한 기색이 역력한 종업원은 문 닫을 시간이 되었다는 것을 알려주고 돌아갔다.

"그런데 꿈속의 그녀는 왜 잠들어 있었던 걸까요? 궁금했지만 그녀에게 물어보지 않았습니다. 어차피 그녀도 모를 테니까요. 꿈속에서의 행동을 논리적으로 설명한다는 것이 어디 가능하기나 합니까?"

그러나 그에게서 꿈 이야기를 듣고 내가 의아하게 생각했던 것은 그것이 아니었다. 가운데 누워 있던 사람이 어째서 그녀가 아니라 그였을까 하는 것이었다.

"혹시 그녀의 꿈속에서 또 만나게 되면 그때는 그녀가 이야기를 했으면 좋겠군요. 그쪽과 나는 그녀가 하는 이야기를 듣고요."

그가 웃었다.

"기분 나쁘게 듣지 않았으면 합니다. 오래 절연했던 형제와 만난 기분입니다. 우리가 싸운 적도 없는데 말입니다."

그의 말은 맞았다. 우리는 싸운 적이 없었다. 분명한 것은 내 앞에 앉아 있는 '그'라는 사람이 이 세상에 있는지조차 몰랐을 존재라는 것이다. 그녀가 아니었으면, 그 또한 나라는 존재를 영원히 몰랐을 것이다.

그녀가 일기장에 그렸다는 그림 속에서 내가 손으로 파고 있는 흙…… 나는 그 흙이 바위처럼 단단했으면 싶었다. 손톱들이 갈라지고, 살점이 너덜너덜 해지고, 뼈에 금이 가도록 흙을 파고 싶었다. 죽은 십자매를 묻을 구덩이가 마침내 파였을 때 뼈만 남은 손이 피를 흘리며 고통스럽게 신음하기를.

눈물도 흰색이었다.

나와 함께 살 때 그녀가 그 어느 날 일기장에 그린 그림 속 여자가 흘리던 눈물방울도.

*

종업원이 음악을 꺼버려 어색한 침묵이 감돌았다. 레스토랑 안 공기도 서늘해져 있었다. 헤어질 시간이 된 것인가. 그와 만나는 시간이 길어야 삼십 분이면 충분할 거라던 내 예상은 빗나갔다.

밤늦도록 귀가하지 않고 있는 그를 그녀가 기다리고 있지 않을까?

그 질문은 내게 심장이 녹아내리는 것 같은 고통을 주었다. 그녀가 기다리고 있을 사람이 나이기를 바라는 것도 아니면서.

나는 그에게 사는 곳을 물으려다 말았다. 그가 사는 곳이 그녀가 사는 곳이기도 했으니까.

그녀가 사는 곳이 내가 사는 곳이기도 하던 시간. 그 시간 속에 있을 때 나는 그 시간이 영원할 줄 알았다.

그가 몸을 일으키고 벗어두었던 외투를 집어들었다. 나도 몸을 일으키고 외투를 집어들었다.

우리는 마주서서 내기라도 하듯 천천히 각자 외투 단추를 채웠다.

단추를 다 채우고, 그와 나는 약속이나 한 듯 서로 눈빛을 나누었다. 허공의 한 지점에서 서로의 눈빛이 교차하던 찰나, 작고 흰 덩어리 같은 것이 새처럼 우리를 가르며 지나갔다. 나는 그것을 잡기 위해 얼떨결에 손을 내밀었고, 그것을 악수를 청하는 것으로 오해한 그가 손을 뻗어왔다. 손가락과 손가락이 닿으려는 순간에 나는 손을 거두었다.

그가 멋쩍은 웃음과 함께 물었다.

"우리가 악수를 했던가요?"

"아니요."

나는 고개를 흔들었다.

"그녀의 꿈속에서 손을 잡고 있었으니 악수를 한 것이나 마찬가지겠네요. 버릇이 되어서 그쪽을 처음 봤을 때 하마터면 악수를 청할 뻔했습니다."

문득 그가 나를 찾아온 것이 아니라 내가 그를 찾아온 것이 아닌가 하는 생각이 들었다. 그러니까 오늘 오전 열한시쯤 만나자는 전화를 건 사람은 그가 아니라 내가 아닌가 하는.

그렇다면 나는 그를 왜 만나려 했던 것일까?

그만 돌아서려는 그에게 나는 다급히 물었다.

"한 가지만 더 물어봐도 될까요? 그녀가 어째서 그쪽은 십자매의 장례식에 초대하지 않은 걸까요?"

"나는 기다리고 있겠지요."

"누굴……"

"십자매의 장례식을 치르고 돌아올 그녀를요."

*

지하철역 입구에서 그와 헤어져 밤의 거리를 혼자 묵묵히 걸으며 나는 중얼거렸다. 십자매의 장례식에 초대받아 가는 길이라고.

해설

불가능한 사랑의 그림자

—김숨, 『당신의 신』에 부치는 마흔아홉 개의 주석

양윤의(문학평론가)

1.

자, 이 아픈 이야기들을 읽기 전에 바디우의 말을 덧붙여 두자. “1)사랑은 융합적인 것이라는 관념에 대한 거부. 사랑은 구조 속에서 주어진 것으로 갖게 되는 둘이 황홀한 하나를 만드는 것이 아니다. 이러한 거부는 죽음을-향한-존재를 축출하는 거부와 근본적으로 동일하다. 황홀한 하나란 단지 다수를 제거함으로써 둘 너머에 설정될 수 있는 것이기 때문이다. (…) 2)사랑은 희생적이라는 관념에 대한 거부. 사랑은 동일자를 타자의 제단에 올려놓는 것이 아니다. (…) 오히려 사랑은, 둘이 있다는 후後 사건적인 조건 아래 이루어지는, 세계의 경험 또는 상황의 경험이다. (…) 3)사랑은 ‘상부 구조적' 또는 환상적인 것이라는 관념에 대한 거부.(…) 사랑은 관계가 아니다. 사랑은 진리의 생산이다." 바디우는 사랑이 "둘에 관한 진리"라고 선언한다.[1] 사랑은 절대적인 둘에 대한 경험이다. 사랑은 있는 그대로의 차이에 대한 수긍이다. 절대적으로 다른 둘을 하나로 세기. 그 둘을 '우리'라는 집합명사로서 세기. 그럼에도 불구하고 하나가 다른 하나를 융합하거나 지우는 것이 아닌 방식으로. 엑스터시(忘我)는 사랑이 아니다. 하나가 다른 하나 속에서 녹아버리기 때문이다. "사랑은 그 자체로 비-관계, 탈-유대의 요소 속에 있는 역설적 둘의 현실성이다. 사랑이란 그 자체로서의 둘의 '접근'이다."[2] 사랑하는 둘은 동일자의 지평 속에서 사라지지 않는다. 둘은 결합된 것(to be jointed)이 아니라 탈결합(탈구, out of joint)되어 있다. 그 비-관계 속에서 관계가 작동한다. 사랑은 그 '다름'의 자기 전개다. 다름이 내부로 들어와 자리를 잡는 것, 그 다름이 알려지지 않은 지평을 자기 안에 포함하는 것, 그 공백을 사건으로 선언하는 것.

---

1) 알랭 바디우, 『사랑 예찬』, 조재룡 옮김, 길, 2010, 51쪽

2) 알랭 바디우, 『철학을 위한 선언』, 서용순 옮김, 길, 2010, 122~123쪽

2.

결혼은 사랑을 '선언'하는 예식이다. 사랑에는 선언의 단계가 있다. 사건이 선언을 통해서 일어나기 때문이고 그 우연이 그것을 통해서 고정되어야 하기 때문이다.[3] 만남이라는 사건이 진리를 구축하는 자리로 이행하고 우연이 운명으로 이행하는 것은 선언을 통해서다. 그렇다면 선언의 주체는 사랑에 빠진 두 사람이어야 한다. 그것은 제삼자에 의해 언표될 수 없다. 예컨대 주례의 이런 선언은 어딘가 이상하다. "이에 주례는 이 혼인이 원만하게 이루어진 것을 여러분 앞에 엄숙하게 선언합니다." '원만하다'는 말 속에는 이미 불화가 잠재되어 있지 않은가? 저 선언 속에 어떤 갈등이, 내분이, 소화되지 않은 잔여가 있지 않은가? 그 모든 불길의 기미가 성급하게 덮인 느낌은 없는가?

3.

이혼은 이 선언의 불가역성에 대한 부정이다. 그 선언은 충분치 않았다. 둘은 처음부터 하나로 세어지지 않은 둘이었으며 마침내 비-결합된 상태로(무관, to be unconnected),

3) 알랭 바디우, 『사랑 예찬』, 53쪽

말하자면 이전 자리로 돌아갔다는 것. 그러나 모든 선언은 일종의 문턱이다. 그것은 변신담이나 통과의례와도 같다. 때문에 한 선언을 지나오면서 그 둘은 존재변환을 겪는다. 일종의 한계상황을 넘어가는 것이다. 그것을 취소한다고 해서 그/그녀가 최초의 자리로 돌아갈 수 있는 것은 아니다. 그들은 처녀 총각에서 (기혼 남녀가 되었다가) 이혼 남녀가 된다.

4.

이 작품집에 실린 세 편의 작품은 '이혼'의 형식을 구현하듯 이접(분리접속, disjunction)되어 있다. 서로 다른 이야기이면서도 그 다름 속에서 서로 접속되어 있다.

5.

「이혼」은 이런 문장으로 시작한다. "오래전 그녀는 이혼하는 꿈을 꾸었었다. 그녀가 아직 고등학생일 때였다." 결혼은 커녕, 남자를 만나기도 전의 꿈이다. 그것은 미래의 그녀(민정)에게 당도할 운명에 대한 예기나 예언 같은 것이 아니다. 차라리 우리는 그 꿈이 꿈의 형식으로 과거에 포함된 어떤 '분열'이라고 읽어야 한다. 이른바 예지몽은 앞으로 '일어날 일'이 아니라 미리 당겨서 '일어난 일'이기 때문이다. 그것이

예지몽이 되기 위해서는 후속하는 사건(실제의 이혼)이 반드시 일어나야 한다. 그렇게 되었을 때 예지몽은 이미 예언이 아니라 선행하는 사건이 된다.

6.

그녀(민정)의 꿈은 그 자신의 분리, 분열, 나뉨을, 즉 이혼divorce을 미리 앞당겨서 구현했다. 그녀는 그녀가 아직 혼자였을 때도 자신을 둘로 세었던 셈.

7.

게다가 꿈에서 이혼한 그 남자는 "자신의 아버지였다." 아버지가 분리된 기원이라면 어머니는 결합된 기원이다. 자식은 아버지와 분리되면서(아버지의 몸에서 떨어져 나와서) 그리고 어머니와 결합되면서(어머니와 한몸이 되면서) 세상에 태어난다. 따라서 아버지는 분리의 기표이며 어머니는 결합의 기표이다. 그녀의 폭력적인 아버지는 겉으로는 가정을 유지했으나(아버지는 끝내 이혼을 허락하지 않았다) 이미 그 가정은 훼손될 대로 훼손된 가정이었다. 순종적인 그녀의 어머니는 끝내 아버지를 버리지 않았으나 속으로는 그를 버린 지 오래였다(어머니는 실제로도 탈출을 결행했다).

8.

지금 그녀(민정)와 남편(철식)은 이혼법정 대기실에 와 있다. 남편이 사후이혼에 대한 얘기를 꺼낸다. "일본에서는 사후이혼이 유행이라는군. 정말이지, 극성이지 않아?" 현실적인 논리는 이렇다. 사후이혼이란 "죽은 배우자와의 이혼이 아니라 배우자 가족과의 이혼"이다. 남은 가족과의 인척관계를 종료해야 경제적, 문화적, 제도적인 문제를 해결할 수 있기 때문일 것이다. 그러나 실재real의 논리는 이럴 것이다. 죽은 자와는 헤어질 수가 없다. 이미 죽음이 헤어짐을 가로막고 있기 때문이다. 따라서 그 관계를 청산하기 위해서는 죽은 자의 모든 흔적을 청산해야 한다. 남편(철식)은 되묻는다. "죽으면 끝인데 그렇게까지 해야 하나?" 물론이다. 죽은 자의 말을 들어서는 안 되는 법이다. 그는 시간이 지나 죽은 자(헤어진 자)가 될 것이므로. 여기에는 성혼선언문의 메아리가 남아 있다. "죽음이 둘을 갈라놓을 때까지……" 사후이혼은 그 갈라놓음에 대한 재인증 절차다. 너는 죽었다. 죽음이 우리를 갈라놓았으며 우리는 이혼을 통해서도 분리될 것이다. 그러므로 (재선언에 의해서 선언된) 분리된 존재는 살아 있는 자들과 정확히 반대되는 존재로서 죽은 존재를 의미한다.

9.

대기실에 앉아 있던 경상도 사투리를 쓰는 남자가 투덜댄다. "우리는 도대체 언제 부르는 거야?" 이혼을 앞에 두고도 사내는 여전히 '우리'라는 말을 쓰고 있다. 그 말이 "낯설다못해 폭력적으로 들려 그녀는 자신도 모르게 고개를 가로젓는다." 저 사내가 입에 매단 '우리'는 서로 다른 둘을 하나로 세는 단위가 아니다. 이미 내용상으로는 갈라선 두 사람이 형식상으로도 둘이 될 준비를 하고 있기 때문이다. 이때의 '우리'라는 집단적 명명은 타자를 동일자로 가두는 폭력의 형태다. 둘은 서로를 존중하는 명명("당신")을 비칭卑稱으로 쓰기 시작할 것이다. 이런 식으로. "당신 종신 보험금은 어떻게 할 거야? 이혼까지 한 마당에 내가 계속 내줄 수는 없잖아."

10.

'우리'가 피해자의 연대라 해도 사정은 변하지 않는다. 그녀(민정)가 남편(철식)의 선배인 다큐멘터리 사진작가 최를 만났을 때, 최의 아내는 이렇게 말했다. "우리가 이해해줘야지 어쩌겠어요." 그녀(민정)가 의아한 눈빛을 보내자 최의 아내는 이렇게 말한다. "우리 아내들 말이에요. 우리 둘 다 힘든 남자를 남편으로 골랐으니 어쩌겠어요. 고리타분한 말이지만 팔자라고 해야 하나…… 남편이 아니라 아들이라고 생각하면 너그러워져요. 이해 못할 일도, 용서 못할 일도 없고요. 아들이 살인을 저질러도 끝까지 감싸고도는 게 어머니잖아요." 최의 아내가 그녀(민정)에게 건넨 '우리'라는 말은 어떤 식으로든 '하나로 세어진 둘'이 될 수 없다. 이때의 우리는 분열된 개별자들의 집적이고 상처 입은 자들의 단순한 집합에 지나지 않기 때문이다. 이때의 '우리'는 이해가 아니라 분열을, 아량이 아니라 포기를, 관대가 아니라 외면을 함축하고 있다. 우리가 하나가 아니라는, 너는 우리가 아니라는 한탄이다. 거기에 더하여 최의 아내는 그녀(민정)에게 넌지시 폭로한다. 당신의 남편도 내 남편과 같은 족속이라고. 내가 겪는 이 팔자는 너에게도 이미 배당되어 있다고.

11.

최의 사진 속에는 '의수를 붙인 나신의 여자'가 찍혀 있다. "사진은 거부감이 들 만큼 작위적이었"고 끔찍했다. 이 사진은 그 자체로 이혼divorce을 드러낸다. 저 몸은 단순한 불구不具가 아니라 이물異物을 자기 것으로 받아들인 몸이면서 자기 안에 분리와 분열을 품은 나(우리)의 상징이다. 최가 찍은 사진의 피사체는 자신의 아내였던 셈이며 최 자신은 저 가짜 다리였던 것. "남편이 아니라 아들이라고 생각하면 너그러워져요." 남편이 아니라…… 그저 내가 안은, 혹은 안았던 지체일 뿐인 몸, 고장 난 몸, 이제는 나의 것이 아닌 몸. 만일 그가 여전히 남편이었다면 그와 그녀는 부부로서의 이인삼각二人三脚을 가시화했을 것이다. "사랑은 이질적인 둘이 무대 위에 오르는 절룩거림이다."[4] 사랑은 불안전한 고단함의 연속이다. 절룩거리는 다리로서의, 그 다리에 대한 사랑. 다리가 절룩거리면서 몸을 저 편으로 옮겨주는 사랑. '다리 절기'로서의 사랑. 그러나 그녀가 안은 것은 남편이 아니다. 그저 의수였을 뿐.

12.

최의 작품 제목은 '릴리트'다. 그녀는 "최초의 여자이자 아담의 첫 아내"로, 아담을 "주인이자 남편으로 섬기기를 거부"해서 낙원에서 쫓겨나 사탄이 된 여자다. 그런데 그 이유가 뜻밖이다. 정상위正常位라 불리는, 남성이 위에서 깔아뭉개는 체위를 거부했다는 이유가 다였다. 한마디로 그녀는 (후

4) 서용순, 『비-관계의 관계로서의 사랑-라깡과 바디우』, 『라깡과 현대정신분석』, 2008, 98쪽

에 태어난) 이브처럼 고분고분하지 않았고 바로 그 이유로 남자에게 버림받고 악마라 손가락질을 당했다. 그녀를 노여워한 하나님은 이번에는 "흙이 아니라 아담의 갈비뼈로 여자를 만들었다." 이브가 아담의 신체 일부에서 창조되었다면 릴리트는 아담과 마찬가지로 흙에서 창조되었다. 이브가 아담에게 동일자로서의 두번째, 즉 아담에게 종속된 둘이었다면 릴리트는 아담에게 타자로서의 둘, 다시 말해 아담과 대등하게 창조된 동일한 첫번째였다. 따라서 릴리트는 그 자신의 근원으로부터 분리되면서 그 자신을 구성해낸다. 그녀는 신의 창조를 증명하지 않으며 아담의 흡족함을 위해 존재하지도 않는다. 릴리트의 몸은 영광을 계시하는 몸과는 정반대에 위치한다. 출발로서의 자기분리, 자기 절단으로서의 드러냄이다. 사진은 작위적이었고 "끔찍"했다.

13.

다시 대기실 앞이다. 통화중인 한 여자의 목소리가 들린다. "어지간하면 참고 살라니! 웃으면서 한 말이 내가 들은 말 중에 가장 최악이라는 걸, 석구 선배는 알기나 할까? 어지간하지 않으니까 내가 이혼하려는 거 아니야? 달력 바꾸듯 일 년을 주기로 애인 갈아치우는 남편하고 백년해로라도 하라는 거야? (…) 석구 선배는 그럼 지금까지 페미니스트인 척한 거라니?" 페미니스트인 척하는 석구라는 남자는 지금 자신의 몸과 머리 사이에서 분리divorce를 경험하고 있다. 그녀(민정) 역시 그렇다. 그녀가 시인으로 등단한 것은 "아버지가 지어준 이름"을 버리기 위해서였다. 전자의 경우에는 사내가 내세우는 이념(나는 페미니스트인 남자다)과 본성(나는 가부장적인 남자다)이 일치하지 않아서였다. 그러나 후자의 경우에는 아버지의 욕망(가족은 나의 소유다)과 딸의 욕망(나는 당신에게서 분리될 것이다)이 일치하지 않아서였다. 필명 쓰기, 새로운 이름 짓기는 새로 태어나기의 은유다. 등단은 그녀에게 상징적인 탄생이자 아버지로부터의 분리를 상징하는 것이다. 태초에 결합이 아니라 분리가 있었다. 우리는 아버지 몸에서 분리되어야 새롭게 태어날 수 있다.

14.

그녀(민정)에게는 영미라는 직장 선배가 있었다. 그녀(민정)의 첫 직장이었던 P복지재단에서 만난 영미 선배는 그녀의 사수이기도 했다. 영미 선배에게는 두 가지 소문이 있었다. 직장 상사와 내연관계라는 소문이 하나라면 이혼 소식이 다른 하나였다. "경우 바르고 단정한 영미 선배의 이미지는 이혼으로 한 차례, 추문으로 또 한 차례 길바닥에 내팽개쳐졌다." 놀라운 것은 두 경우 모두 남자 쪽에는 어떤 타격도 없었다는 것. 전남편은 합리적이고 예의바른 사람이라는 인상을 주었고 직장 상사는 해외 파견을 다녀온 후에 승진했다. 영미 선배의 삶만 나락으로 떨어졌다. 이 시대, 이 사회가 가진 비대칭의 표출이다. 사회는 여전히 이혼의 책임을 여자에게 유독 더 묻는다. 그녀는 드센 여자, 남자를 홀리는 여자, 참을성이 없는 여자, 여자로서의 매력을 잃은 여자, 성격에 결함이 있는 여자……가 된다. 영미 선배는 아이를 갖지 않는 조건으로 남편과 결혼했다. 그녀가 아이를 요구하자 남자는 혼자 병원을 찾아가 불임수술을 받고 온다. 그런데 둘이 이혼한 후에 우연히 만난 남자는 아기를 품에 안고 있었다. 그녀(민정)가 자신의 아버지와 이혼하는 꿈을 꾼 것과, 영미 선배의 전남편이 아이를 갖지 않겠다는 생각을 한 것은 상동적이다. 그녀(민정)가 실패한 어머니의 이혼을 꿈의 형식으로 앞당겨 실천한 것처럼, 전남편은 영미 선배와는 아이를 갖지 않겠다는 소망(영미 선배와 분리되겠다는 소망)을 불임수술의 방식으로 앞질러 시연했기 때문이다. 그러므로 아기를 안고 있는 전남편의 모습은 영미 선배에게는 불가능한 그림이고 그녀에게 허락되지 않은 '비실재적인 것'의 드러남이었던 셈이다.

15.

그녀(민정)의 가족은 때리는 아버지와 매 맞는 어머니로 구성되어 있었다(그러므로 「새의 장례식」에서 '그녀'가 다 자란 민정이라고 상상하는 것은 이상한 일이 아니다). 폭력은 다름을 동일한 것으로 간주하려는 모든 강제enforce의 다른 이름이다. 다름에 입장하기가 아니라 다름을 부인하고 억압하고 말살하고 가압하기. "아버지가 쥐약 먹은 개처럼 눈에 파란 불을 켜고 발광할 때마다 어머니는 잘못했다고 빌고 빌었다." 그러나 어머니는 이혼을 권하는 딸에게 힘없이 대답한다. "모르겠다……" 초점을 놓친 어머니의 눈을 보며 딸은 깨닫는다. "스스로가 이혼을 원하는지 원하지 않는지조차 판단할 수 없는 지경까지 어머니가 가버렸다는 걸. 자신의 기분과 감정이 어떤지조차 모르는 지경까지 어머니가 가버렸다는 걸." 사유의 무능력으로서의 죽음이 거기에 있다. 아무것도 판단할 수 없는 정신은 하나와 둘을 세지(판별하지) 못한다. 역으로 말하면 둘을 하나로 혹은 하나를 둘로 세지 못하는 마음은 사랑하는 자의 마음이 아니다. 사유의 무능력은 관계 맺기의 무능력이자 사랑의 불가능성이다. 그래서 그것은 죽음이다. 철식(민정의 남편)이 장모의 일흔번째 생일날 기념사진을 찍어주었다. "사진 속 어머니의 얼굴이 자신이 생각했던 것보다 훨씬 슬픈 얼굴이어서, 슬픔이 깊어지면 감탄을 자아낸다는 걸, 어머니의 얼굴이 그녀에게 가르쳐주었다." 이것은 잠시 뒤에 (영미 선배의 이야기에) 등장할 치매 걸린 여자의 표정이기도 하다. 어머니의 표정은 "모르겠다……"는 말의 실천이다. 어머니는 판단 자체를 놓아버렸다. 그로써 어머니는 헤어지는 것을 용납하지 않는 남편에게서 놓여났다. 아버지가 움켜잡고 있었던 것은 어머니의 껍데기였을 뿐이다.

16.

"신도가 이천 명이 넘는 교회의 목사"의 아내가 있었다. 남편은 아내가 마음에 들지 않을 때마다 목사실에서 문을 걸어 잠그고 그녀를 구타했다. 그녀가 "유방암에 걸렸다고 고백하자 남편은 대뜸 믿음과 기도가 부족해서 벌을 받는 거라고 비난했다." 그녀는 이혼을 간절히 바랐으나, 그녀에게 이혼은 신과의 이혼이자 신도들과의 이혼이기도 했다. 그녀가 이혼을 결행하지 못하는 사이에 암은 척추로 전이되었다. 암의 전이는 이혼하지 못하는 그녀 자신에 대한 은유이기도 하다. 암은 죽음의 세포다. 따라서 암의 발병은 죽음과의 동거생활의 시작이다. 그녀(민정) 역시 유방암으로 절제 수술을 받고 항암치료중이다. 목사의 아내와 그녀(민정)가 분리와 분열, 다시 말해 이혼divorce을 자기 몸에 구현하고 있다면, 그녀(민정)의 어머니는 그 죽음과의 동거를 자신의 정신에서 구현하고 있다. 그녀들 모두가 의수를 품은 여성, 릴리트'들'이다.

17.

다르게 말하면 이혼을 원하는 이에겐 떨어지지 않고 여전히 동거하고 있는 자가 암이고 죽음이다. 이혼법정 대기실 복도에서는 또다른 여자의 악에 받친 소리가 들린다. "약속했잖아. 순순히 이혼해주겠다고 애들 보는 데서 각서까지 썼잖아! 평생 미친개처럼 내 치맛자락 물고 안 놔줄 작정이야?" 죽음은 이번에는 미친개의 모습을 하고 나타난다. 영미 선배가 꾸었다는 꿈, "팔이 없는 남자가 모는 버스였어. 버스 표지판도 없는 곳에 버스가 섰고, 민정씨가 버스에 올랐어……" 그 꿈의 남자 역시 죽음을 자기 몸에 구현한 남자였을 것이다. 이 소설에서의 불구란 죽음과의 동거 혹은 비존재와의 함께 있음, 다시 말해 이혼divorce에 대한 은유이다.

18.

영미 선배는 그녀(민정)에게 치매에 걸린 한 여자의 이야기를 해준다. "자기 자신조차 잊어버릴 만큼 악화된 여자를 여자의 남편이 극진히 돌보았고. 그런데 기억을 잃어가던 여자가 과거의 남편을 찾아갔대. 사십여 년 동안 자신과 함께 산 현재의 남편을 망각하고, 사십 년도 더 전에 이혼한 과거의 남편을……" 이것은 지금 남편을 버리고 옛 남편을 찾아간 이야기가 아니다. 태초에 만남이 아니라 결별이 있었다는 우화다. 우화 속 그녀의 최초 기억에는 첫 남편이 아니라 지금 남편과의 헤어짐divorce이 있었을 것이다. 전남편을 찾아간 것은 이전의 기억을 찾아간 행동이 아니라 지금 남편과의 헤어짐을 시초에서 반복하고 있는 행동인 것이다.

19.

실로 아버지는 "세상 모든 폭력의 근원" 같았다. 아버지는 시초부터 존재하는 분리와 분열divorce이었으며 그러면서도 폭력으로 타자가 분리되는 것(탄생)을 억압하는 존재였다. 성혼 선언문의 저 상투적인 문구("비가 오나 눈이 오나 서로를 사랑하며 일생 동안 고락을 같이할 것을 맹세합니다")는 초월적인 완성이 존재한다는 전제하에서만 가능하다. 삶은 결혼식 초대장처럼 외부에서 배달된 일종의 통지서와 같다. 그러나 그것의 기원, 그것의 발신지에서는 분열과 폭력과 동일시가 이처럼 뒤엉켜 있었다. 이를테면 횟집에서 살이 다 발린 채 숨을 쉬는 "광어 대가리"와 심야의 로드킬 뒤에 남겨진 "푸른 야광의 눈동자"를 향해, 그 죽음을 애도하는 어머니를 향해 아버지는 이렇게 소리친다. "쌍년, 재수 없게 울고 지랄이야!"

20.

법원에 이혼서류를 제출하던 날, 남편(철식)이 묻는다. "나는 고아가 되는 건가?" 저 발화는 이혼을 앞둔 남편의 못난 투정에 지나지 않지만 여기에 일말의 진실이 없다고 할 수는 없다. 사실 모든 남자는 처음부터 고아다. 어머니에게서 떨어져 나와서 다시는 어머니와 한몸이 되지 못하기 때문이다. 남편(철식)은 계속 묻는다. 당신은 "인간의 영혼을 구원하기 위해 시를 쓰는 것 아니었어?" 그런데 어떻게 자신을 버릴 수가 있냐고. 애원의 형식을 하고 있지만 저 청원은 실은 저주다. "네가 날 버리는 건 한 인간의 영혼을 버리는 것이나 마찬가지야. 그러므로 앞으로 네가 쓰는 시는 거짓이고, 쓰레기야." 보라. 이것은 이질성의 거부이자 동일성의 폭력이다. 자신밖에 모르는 동일자에게는 어떤 간청도 있을 수가 없다. 그녀(민정)가 말한다. "나는 당신의 신이 아니야. 당신의 영혼을 구원하기 위해 찾아온 신이 아니지. 당신의 신이 되기 위해 당신과 결혼한 게 아니야." 소설집의 표제가 바로 이 선언에서 나왔다.

21.

남편(철식)은 강인구라는 노동자의 사진을 찍어왔다. 그는 조선소 비정규직 노동자로, 한때는 남부럽지 않은 회사원이었다. 자신의 손으로 정리해고를 한 노동자가 자살한 사건으로 인해 그는 충격을 받고 자신의 일에 대해 회의를 토로했다. 사업에 실패해서 기러기아빠 노릇도 할 수 없게 되자, 그는 가족과 떨어져 노동판을 전전하게 되었다. "육백 컷쯤 찍었을 거야, 그의 얼굴을…… (…) 어느 순간 그의 얼굴을 삼키는 것 같은 기분이 들었어…… 카메라 셔터를 누르는 순간 그의 얼굴을 삼키는 것 같은…… 못이 마흔 개쯤 박힌 것 같은 얼굴을." 별거 전부터 이미 강인구와 그의 아내에게는 '같음'이 없었다. 저 부부는 이미 헤어짐(분열)을 앞당겨 살고 있었던 셈이다. "못이 마흔 개쯤 박힌 것 같은" 강인구의 얼굴이란 모든 희로애락을 삭제한 얼굴이다. 그것은 그 모든 일을 겪고 나서 판단중지 상태—아무것도 판단할 수 없거나, 판단할 필요가 없는—에 들어간 자의 얼굴이다. "모르겠다"고 중얼거리던 그녀(민정)의 어머니 표정도 바로 그러했을 것이다.

22.

그녀(민정)의 외할머니는 그녀에게 다리 없는 여자와 늙은 홀아비 부부의 얘기를 해주었다. 가난하지만 부지런한 부부에게 육이오가 닥쳤다. 군인들이 마을 남자들을 끌고 산으로 올라가 죄다 죽였다. 마을 여자들이 통곡을 하며 남편의 시신을 찾아왔다. "속만 태우던 여자는 두 팔로 기어서 산에 올라갔단다. 시신들 속에서 피범벅인 남편의 시신을 찾아내 한 팔로 남편의 목을 끌어안고 다른 한 팔로 기어서, 기어서 산을 내려왔단다……" 외할머니는 부부의 사랑을 강조하기 위해서 혹은 부부의 연이 중하다는 것을 강조하기 위해서 저 말을 한 것이겠지만, 이 소설의 논리에서는 다르게 읽힌다. 그녀는 두 다리가 없었음에도 불구하고(불구가 자기 몸에 구현한 'divorce'의 형상이라는 것을 이미 말했다) 기어이 남편을 데려와 장례 지냈다. 이것은 불구를 극복한 사랑의 힘에 대한 예찬인가? 아니면 그렇게 해서라도 죽은 자를 장례 지내겠다는, 다시 말해서 그 죽음을 불가역적인 것으로 만들겠다는 의지인가? 실종은 살지도 죽지도 않은 상태다. 죽음이 둘을 갈라놓을 때까지……만 둘은 부부다.

23.

그녀(민정)의 어머니는 남편에게서 두 번 달아난 적이 있다. 한 번은 친정으로 갔다가 소식을 듣고 찾아온 남편에게 인계되었다. 다른 한 번은 "무작정 고속버스 터미널로 갔다. (···) 되는대로 고속버스 표를 끊었는데 그게 전라도 광주행 표였다…… (···) 터미널 근처를 배회하다가 백반 전문 식당에 들어가 일 좀 하게 해달라고 했더니, 주인 할머니가 그러라고 하더라." 그러니 이것은 가출(이혼) 이후의 전락falling에 대한 이야기이기도 하다. 일류 대학을 나온 영미 선배도 이혼 후에는 일자리를 찾지 못해 식당에서 일했다. 어쨌든 이 두 번째 탈출은 "다섯 달이 조금 못" 되어서 끝났다. "귀신이 곡할 노릇이지. 은미식당을 네 아버지가 어떻게 알고 찾아왔을까?" 그녀는 운명이라고 생각했겠지만 어쩌면 그것은 세상을 촘촘하게 덮고 있는 동일성의 폭력에 대한 맞닥뜨림이 아니었을까. 우리 모두가 폭력적인 그 같음의 가혹한 손아귀에 붙잡혀 있다는 것을 깨달았을 때의 공포와의 대면 말이다.

24.

"이혼이 나는 통과의례 같아. 나도, 당신도 피할 수 없는 통과의례. 시속 백이십 킬로로 고속도로 위를 달리다 만난 터널처럼……"

"그래……"

"나는 이혼이라는 통과의례가 내게 불행이 아니기를 바라……"(64쪽)

바로 이것이 '읍산요금소'에 대한 은유다. 매번 거듭해서 다시 찾아오는 자동차처럼, 이혼의 기억과 그것의 후과後果는, 나아가 헤어진 이에 대한 후일담은 거듭해서 그녀를 찾아올 것이다.

25.

이게 끝인가? "우리가 마지막인가?" 남편이 묻자 그녀가 대답한다. "아니, 저쪽에 한 쌍이 더 있어." 닥친 이에게 이 이별은 개인적인 불행으로 보이겠지만, 늘 "저쪽에 한 쌍이 더" 있을 것이다. 그것은 보편적인 것이 되어 있을 것이다. 그것은 기원의 문제이며, 우리가 서둘러 선언했던 '원만함'

의 빈틈이자 분리와 분열에 관한 문제이기 때문이다. 이제 보편적인 것은 성혼의 약속이 아니다. 바로 그 분리와 분열을 거쳐서 또다른 단독자들이 된 "쌍"……들이다.

*

26.

「읍산요금소」는 통과의례의 상징이다. 통과의례는 분리와 단절을 통해 새로운 국면으로 전환, 전이되는 삶의 과정 자체이기도 하다. 요금소란 통과할 때마다 요금을 지불하는 곳, 무엇인가를 지불해야 하는 공간이다. 이 소설의 주인공인 '그녀'도 이혼을 겪었다. 그런데 차들이 요금소를 지나친다고 해서 통과의례를 겪는 이들이 운전자라고 생각해서는 안 된다. 통과의례를 겪는 이는 부스 속에 앉은 그녀다. 「이혼」의 영미 선배와 마찬가지로 이혼했다는 사실이 알려질 때마다 그녀는 저 문턱, 기혼 여성과 이혼 여성을 가르는 문턱에 선다. 보라, "그녀는 자신이 갑각류의 껍데기처럼 뒤집어쓰고 있는 부스가 폭발하듯 흔들리는 것을 느끼고 눈을 질끈 감았다 뜬다. 하이패스 구간 어딘가에 통점痛點 같은 것이 있어서, 차가 그 지점을 지나가는 순간 읍산요금소 전체가 경기하듯 떠는 것 같다."

27.

그녀는 경제적 능력이 없어서 친권을 포기할 수밖에 없었다. 그녀는 부스 안, 폐쇄된 공간에서 가족도 연인도 없이 혼자 지낸다. 삼 년째 정산원으로 일하고 있는 이곳은 "생긴 지 햇수로 오 년밖에 안 되었다. 도시에는 수십 년 된 요금소가 있었다." 이 요금소가 생기면서 구 요금소는 폐쇄되었다. 그러니까 동일한 통과의례가 수십 년 전부터 반복되어온 것이다. 「이혼」의 그녀(민정)의 목소리가 여기서도 들린다. "저쪽에 한 쌍이 더 있어." 구 요금소에도 그녀와 같은 표정을 한 다른 그녀가 앉아 있었다. "새빨간 립스틱을 칠해 입술이 닭벼슬 같던 여자는 인간이 느낄 수 있는 감정을 일절 거세당한 듯 무표정"했다. 저 무표정은 "모르겠다……"는 그녀(민정) 어머니의 고백, 못을 마흔 개쯤 삼킨 것 같던 노동자 강인구의 얼굴에서도 발견되었을 것이다(「이혼」). 물론 지금 요금소를 지키고 있는 그녀 얼굴에서도.

28.

읍산요금소를 지나면 바로 햇빛요양원이고 바로 다음에는

화장터와 납골당이 있다. “햇빛요양원에 입소하면 침대에서 장례식장으로, 화장터로 그리고 마침내는 납골당으로 풀코스처럼 이어지는 것이다.” 읍산요금소는 바로 그 죽음의 풀코스 입구에 서 있다. 삶에서 분리되어 죽음으로 가는 문턱에.

29.

읍산요금소가 운전자가 아니라 정산원에게 통과제의의 장소임을 보여주는 것은 이십 분 간격으로 이곳을 지나치는 검은 그랜저다. “우성실업 찾아가려면 어떻게 가야 합니까?” 그는 이십 분 전에도 이렇게 물었고 이십 분 후에도 다시 돌아와 이렇게 물을 것이다. 얼마 전 요금소 동료인 ‘은영’에게도 검은 그랜저가 다섯 번이나 반복해서 다가와서 “삼한실업” 가는 길을 물었다. 그렇다면 저 차는 정산원인 그녀(들)를 그 자리에 앉혀두는(그 자리에 그녀들이 앉아 있다는 것을 확인하는) 그리하여 그녀(들)야말로 삶의 문턱에서 이쪽으로도, 저쪽으로도 나아가지 못하는 분리의 분기점이라는 것을 통보하는 ‘비실재적인 것’의 표출일 것이다. 이를테면 이혼의 기억이거나 자신들에게는 허락되지 않은 행복한 전남편의 모습 같은.

30.

"뫼비우스의 띠라고 했던가. 차들이 부메랑처럼 되돌아와 부스 밑에 설 때마다 그녀는, 자신이 들어앉아 있는 부스가 뫼비우스의 띠의 시작이자 끝인 지점에 자리하고 있는 것 같다." 아무리 나아가도 그녀(들)는 부스 안의 그 자리로 돌아온다. 그리고 최초의 문턱에서 똑같은 차에 의해서 똑같은 통과(의례)를 겪는다. 우성실업 가는 길을 일러주는 그녀에게 검은 그랜저의 사내가 묻는다.

"가봤어요?"

(…)

"네?"

"폴란드모텔."

"아, 아니요."

그녀는 화끈거리는 얼굴을 완강히 흔든다. 도시 외곽 도로에는 모텔들이 심심치 않게 자리하고 있다.

"바뀌었던데. 폴란드모텔에서 드림모텔로. (…) 가본 지 한참 되나봐요."(91~92쪽)

저 사내의 질문("우성실업 가는 길이 어디에요?")이 실은 질문이 아니라 취조("가봤어요?")라는 것이 폭로되는 순간이다. 그녀가 문덕요금소(이 도시에 진입하는 다른 요금소다)에서 아르바이트를 할 때 요금소 소장이 회식 자리를 마련했다. 이차로 들른 노래방에서 나와 소장의 차를 타고 돌아가던 그녀가 깜빡 졸다가 깨어났을 때 차는 폴란드모텔로 들어가고 있었다. "읍산요금소라고, 새로 요금소가 생겼는데 직원을 구한다는군. 원하면 내가 소개해줄 수도 있는데."

31.

그러니까 돌아올 수 없는 것이 자꾸 돌아오고 있는 것이다. 그것은 무작위적인 기억 같은 것이다. 요양보호사인 한 여자가 자신의 치매 환자에 대해 이렇게 말한다. "말도 마요. 그제는 마흔두 살이라더니 어제는 스물여섯 살이라지 뭐예요? 그저께는 글쎄 서른한 살이라더니. 똥오줌 받아내는 나보고 누구냐고 물어서, 지나가는 행인이라고 했어요." 기억은 검은 그랜저처럼 불수의적으로 돌아온다. 마흔두 살의 기억과 스물여섯 살의 기억과 서른한 살의 기억이 그렇게 부스에 앉은 그녀를 덮친다. 검은 그랜저를 탄 저자는 누구일까? 그에게 누구냐고 묻는다면 그는 이렇게 대답할 것이다. 그저 지나가는 행인입니다.

32.

요금소 너머 햇빛요양원 정원에는 거대한 물레방아가 허공에 떠 있다. 개원 무렵에는 잘 돌았으나 "어느 순간 멈추어 버렸다. 꿈쩍도 않는 물레방아 대신에 노인들이 원을 그리며 돌고, 돈다." 돌지 않는 물레방아 대신에 노인들이 돈다. 거대한 원환. 돌고 돌아서 요양원의 정원에 도착하기. 수많은 검은 그랜저를 보내고 나서, 부스에 앉아서 그 차를 맞이하는 그녀처럼. "부스 안에서 태어나고, 자라고, 늙어가는" 그녀처럼.

33.

부스에 앉아서 그녀는 립스틱을 꺼내서 바른다. 구 요금소에 앉아 있던 "입술이 닭벼슬 같던" 여자의 초상에 그녀의 모습이 겹친다. 옛 요금소 이름도 읍산요금소였다.

34.

김숨이 보여주는 숨막히는 강박성은 우리를 압도한다. 건조한 문장 속에 감춰진 충동과 정념은 폭발하기 직전이다. 이 광물적 삶 속에서 나가기, 다시는 검은 그랜저를 맞이하지 않기, 서로 다른 둘을 하나로 세지 않고 둘로 세기. 그것이

「이혼」으로 제시되었던 셈이다. 그러나 아직 하나가 남았다. 둘이 된 사연을 그녀의 목소리로 들었으니 이제 그의 시선으로, 이를테면 그녀(민정)의 남편이나 아버지의 시선으로 이 사건을 다시 보아야 한다.

*

35.

「새의 장례식」이 「이혼」과 공명하고 있다는 것은 첫 장면에서부터 확연하다. 처음 본 남자가 '나'에게 이렇게 말한다. "우리는 전에 한 번 만난 적이 있습니다." '나'가 되묻자 그는 이렇게 대답한다. "이상하게 들릴지 모르겠지만, 그녀의 꿈에서요." '나'는 그녀의 전남편이며, '그'는 지금 남편이다. "꿈에 그녀와 나, 그리고 그쪽…… 이렇게 세 사람이 나란히 누워 있었다고 했습니다. (…) 그녀는 잠들어 있었고, 나는 이야기를 하고 있었다고 했습니다. 그쪽은 내 이야기를 듣고 있었고요." 소설의 말미에서 밝혀지듯 '나'는 아버지에게서 폭력적인 성향을 물려받았고 거리낌 없이 아내를 구타했다. 「이혼」의 '그녀'(민정)에게 폭력적인 아버지와 이혼에 이른 남편이 있었다면, 「새의 장례식」의 '그녀'에게는 이 둘을 합친 전남편이 있었던 셈이다. 「이혼」의 그녀(민정)가 아버지와 헤어지는 꿈을 꾸었다면 「새의 장례식」의 그녀는 남편(들)과 함께 있는 꿈을 꾸었다. 「이혼」의 그녀(민정)가 자신의 입으로 이혼의 내력을 말하고 있지만(「이혼」은 민정에게 초점화된 삼인칭으로 쓰였다) 실은 그녀(민정)의 독백이라는 것을 어렵지 않게 알 수 있다. 모든 에피소드들이 그녀(민정)의 시선을 통해서 그녀(민정)와의 관계를 거쳐서 유출되기 때문이다. 그녀는 삼인칭이지만 '나'라고 바꿔 부를 수 있는 삼인칭이다. 「새의 장례식」의 그녀는 남편(들)에게 발언권을 넘겨준다. 그녀는 꿈속에서도 잠만 잔다. 이 이중의 잠은 이후의 불면증과 겹치면서 소설 전체를 악몽으로 만든다. 그녀는 자면서도 잠을 자고 깨어서도 환청을 듣는다.

36.

세 사람이 나란히 누워 있었다고 해도 이것은 삼자 관계에 대한 이야기가 아니다. 시간성에 의해 '나'와 '그'가 분리되어 있기 때문이다. 차라리 이것을 이자 관계라고 하는 것이 옳을지도 모른다. 시간의 개입, 그것은 폐허의 증거이다. 모든 것은 시간의 경과에 따라 폐허로 변하니까 말이다. 그렇다면 이것은 또다른 분리와 분열에 관한 이야기가 아닐까? 그녀는 하나지만 그는 '나'/'그'로 분리되어 있다. 소설적 시간으로는 이혼 전의 그('나')와 이혼 후의 그이지만, 내면적 시간으로는 결별하기 전의 그와 결별 후의 그('나')일 것이다. 이 둘은 서로가 서로의 대당이다. 둘은 서로의 알터 에고alter ego이자 그림자다. 그를 처음 만났을 때 '나'는 이렇게 느낀다. 그는 '나'가 아니었지만 '나' 자신이었기 때문이다. 나는 그를 만나고 돌아오면서 "오래 절연했던 형제와 만난 기분"을 느낀다. 그는 '나' 자신이었지만 여전히 '나'는 아니었기 때문에.

37.

"그녀가 나와 이혼한 지 구 년, 그와 재혼한 지는 오 년"이 되었다. 상식적으로 생각해보자면 "그녀와 나는 구 년 전에 이미 끝난 사이였다". 물론 사 년 전에 한 번 그녀가 '나'를 찾아온 적이 있었지만 우리는 차 한 잔을 마시고 헤어졌을 뿐이다. 그러다가 열 달 전 그녀가 가벼운 교통사고를 겪었다고 한다. 그런데 "외상 후 스트레스 장애"가 생긴 후에 그녀는 "불면증과 불안 증상에 시달리기 시작"했다. 그가 '나'를 찾아온 이유다. '나'가 그녀에게 가했던 폭력의 사후적 증상이 시작된 셈이다. 부부 사이의 폭행이란 것도 예상치 못한 폭력이라는 점에서 삶에 느닷없이 개입한 교통사고 같은 것이 아니겠는가?

38.

그가 말한다. "그녀가 그쪽을 만나고 싶어합니다." 물론 '나'와 그녀의 만남은 이루어지지 않는다. 이미 그가 그녀를 만나고 있으므로. '나'와 그는 스크루지를 찾아온 과거와 현재의 유령처럼 상상 속에서 이미 등장했으므로. 그리하여 「읍산요금소」의 검은 그랜저처럼 '나'는 그에게(결국은 그녀에게) 끊임없이 질문을 던진다. 둘의 대화에서 '나'의 부분만 조금 옮기면 이렇다. "궁금하면 그녀에게 물어보지 그랬습니까?" "당장이라도 집에 돌아가 물어보지 그래요?" "뭐가 알고 싶은 겁니까?" "언제 말입니까?" "그녀도 알고 있습니까?" "평일 저녁 아무렇지도 않은 척 마주앉아 커피를 마시기에는 기이한 관계 아닙니까? 그쪽과 나, 말입니다." "도대체 어떤 점이요?" "혹시 그녀가 보냈나요?" 대부분이 질문으로 되어 있다. 물론 이 의문문도 실은 질문이 아니라 취조이다.

39.

그녀의 사고에 대해서 '나'는 아무 책임이 없다. "그녀가 택시를 타고 가다가 당한 사고도, 사고 후유증도 나와는 무관한 일이었다." 그렇다고 해서 '나'에게 면책특권 같은 게 있을 리 없다. 그가 보기에 이혼 무렵의 그녀는 "수박만한 구멍 같은 것을 끌어안고 있는 것"으로 보였다. 이것은 이혼 후의 공허함이나 상실감이 아니다. 이혼 전에도 이 부부는 '하나로 세어진 둘'이 아니었기 때문이다. '그'는 그 자리에 없었다. 그녀는 '그'와 '그녀', 이렇게 둘을 센 것이 아니라 '그녀'와 공집합, 이렇게 둘을 세었다. '그'의 빈자리의 또다른 이름이 "구멍"인 셈.

40.

"무슨 일이 있었던 겁니까?" 그가 은밀하고도 나직하게 '나'에게 물어왔다. 사정은 맨 나중에 밝혀진다. 이 소설이 시간을 역행하고 있다는 사실에 주목하자. '나'가 가했던 폭력은 맨 나중에 폭로된다. 「이혼」에서도 말했듯 그것이 기원의 문제이기 때문이다.

41.

그녀가 그와 재혼해서 "염창동 아파트"에 살던 시절 일이다. 오후 다섯시가 되면 환풍구를 통해 윗집 여자가 아이에게 욕을 하고 때리는 소리, 아이가 겁에 질려 우는 소리가 들려왔다고 한다. 그녀가 경찰에 신고했으나 "남의 집 일에 신경쓰지 말라고 그녀에게 쏘아붙이는 여자의 살기어린 눈빛"을 돌려받았을 뿐이다. 소리가 안 들리면 나을까 싶어 그가 테이프로 환풍구를 봉하고 있는데, 그녀가 말렸다. "살려달라는 소리를 못 들으면 어떻게 하느냐고요." 그녀가 듣지 못했으나 들을 것이라고 확신하는 저 소리, "살려달라"는 말은 실은 그녀가 발설하지 못했으나 마음속으로 부르짖던 소리였으리라. 매 맞는 아이는 매 맞는 그녀이기도 했던 것이다. 그 말을 그에게서 전해 들으며 '나'는 자신도 모르게 "테이블로 손을 뻗어 물컵을 움켜쥐었다. (…) 물이 물컵 밖으로 토해지려는 순간에 물컵을 바로" 세웠다. '나'의 폭력은 이렇게 시시때때로 발현된다.

42.

그녀와 그가 염창동 아파트를 이사 나오기 전, 윗집 아이를 집으로 데려온 적이 있었다. 아이가 다녀간 다음날, 기르던 십자매가 갑자기 죽어버렸다. 십자매를 향해 중얼거리던 아이가 생각나서 그녀가 물었다. 십자매에게 무슨 소리를 했냐고. 아이의 대답은 이랬다. "죽어!" 차라리 죽어버려. 그렇게 갇혀 살 바에야 죽는 게 나아. 여기에 한 가지 에피소드가 겹친다. 이번에는 그녀가 '나'와 "부암동 빌라"에 살 때 일이다. 베란다 창에 서 있던 그녀에게 '나'가 다가가자 그녀가 말했다. "새가 날아갈 때까지 자신을 내버려둬달라고."

43.

이제 「새의 장례식」에서 새의 죽음의 의미가 드러난다. 먼저 첫번째 도식이다.

A. 그녀=새 vs 아이='나'

'나'는 그녀에게 폭력을 행사했다. 아이는 새에게 "죽어!"라고 명령했다. 그녀는 '나'의 지배하에서 사육되었고 그녀(새)는 마침내 놓여났다(이혼했다). 이렇게 보면 아이는 '나'의 분신이기도 하다. "그 아이가 집에 다녀가고 십자매가 죽은 뒤로…… 샴쌍둥이처럼 그쪽과 아이가 함께 떠오른다고요."

B. 그녀=새=아이 vs '나'

그런데 아이 역시 새장 속의 새처럼 피억압과 부자유의 처지에 놓여 있다. 아이가 십자매에게 건 저주(혹은 욕설)는, 그 자신의 처지에 대한 한탄이기도 하다. 결국 아이는 매 맞는 아내이자 때리는 남편이기도 하다. 지금의 남편이 그녀의 불안과 불면을 치료할 수 없는 것은 이 때문이다. 전남편이나 지금 남편이나 모두 그녀(새)를 가둔 새장이었던 것이다.

C. 그녀=새=아이='나' vs 아버지(들)

그런데 이 도식은 끝내 '나'마저 포섭해 들인다. 저 아이가 매 맞는 아내(그녀)이자 때리는 남편('나')이었다면, 전남편인 '나' 역시 매 맞는 아내와 다를 바 없는 '교통사고'를 겪었을 것이다. 과연 '나'는 아버지의 폭력을 대물림했다. '나'는 중얼거린다. "유치원에 다니던 아이는 초등학생이 되었겠지요. 어느 날 중학생이 되고, 고등학생이 되고, 그 어느 날 어른이……"

'나'가 그에게 해준 꿈 이야기는 소설의 초반에 나오는 그녀의 꿈과 맞물린다. "내 최초의 기억. 그것은 아버지가 어머니를 도축한 개나 돼지처럼 질질 끌며 마루에서 방으로 넘어가던 장면이었다." '나'는 아버지가 어머니를 때려 죽일까봐

겁이 났으나 결코 그러지 않으리라는 것을 안 이후로는 차라리 그렇게 하기를 바랐다. 현실은 정반대였다. 어머니의 임종을 지킨 사람이 아버지였던 것이다. "내 아버지가 죽었을 때, 아무것도 모르는 그녀는 아버지를 위해 눈물을 흘렸다." '나'는 이 모든 것을 용서할 수 없었다. 그래서 그녀를 때렸다.

당연히 불합리하고 무의미한 변명이다. 요는 '나' 역시 아버지의 폭력을 이어받았을 뿐 '다름'을 셀 수 없는 사유의 무능력자, 둘을 하나로 셀 수 없는 불쌍한 공집합에 불과했다는 데 있었다. '나'와 그녀 사이에는 아이가 없었다. 결국 '나'는 여전히 때리는 아버지가 아니라 매 맞는 자식에 불과했다. 「이혼」의 남편(철식)처럼 이혼법정에서 나오면서 '나'는 물었을지도 모른다. 이제 나는 고아가 되는 건가?

44.

'나'와 그녀가 이혼한 이유가 밝혀졌다. 그 기원에 최초의 폭력이 있었음도 밝혀졌다. "내 아버지의 비석에는 아직도 그녀의 이름이 새겨져 있습니다." 그것은 원-흔적 같은 것이다. 원-흔적이란 처음부터 거기에 있는 흔적이다. 즉 어떤 것의 흔적이 아니라 흔적으로서의 어떤 것이다. 동일성의 손가락으로 새긴 흔적, 그러나 영원히 하나일 수 없는 둘의 흔적.

45.

요양원에 갔을 때 그녀는 내 아버지의 손톱을 깎아주고 있었다. 돌아오면서 '나'는 무섭게 화를 냈다. "내가 화를 내는 이유를 그녀는 알지 못했다. 내가 그 이유를 끝끝내 말해주지 않았으므로." '나' 역시 자신이 화를 내는 진정한 이유를 알지는 못했으리라. 폭력을 행사하던 아버지의 손, 그 완강한 동일성의 손을 붙잡는다는 것의 의미까지는 말이다.

46.

'새의 장례식'은 그녀의 그림일기에 등장한다. 아이와 남자와 여자로 이루어진 세 사람이 죽은 십자매를 장례 지내는 그림이다. 셋은 일반적인 가족의 도식이지만 실은 남남이다. 윗집 아이와 전남편과 이미 다른 사람의 아내가 한자리에 섰기 때문이다. 폭력으로 묶인 분열된 가족이다. 앞에서 말했듯 이 상징적 제의는 그녀의 죽음, 분리, 개별자가 됨, 하나로 세어짐의 표식이다. 성혼 선언문은 이렇게 다시 울린다. 죽음이 세 사람을 갈라놓을 때까지…… 없는 아이와 이미 갈라진 두 사람을 다시는 하나로 세지 않을 때까지. 죽음이 셋 혹은 둘을 불가역적인 것으로 결정지을 때까지. '이혼'이 '해혼解婚'이기도 한 이유가 여기 있다.

47.

이 장례식과 죽은 개를 산에 묻은 아버지의 추억은 같으면서도 다르다. 그녀는 새의 장례식을 지내준 후에도 새가 살아 있을 것 같다며 중얼거렸다. 아버지 역시 산으로 올라가 죽은 개의 무덤을 다시 파서는 "진돗개의 가슴을 손으로 더듬"으며 말했다. "틀림없이 죽었어!" 그녀에게 새의 죽음은 상징적 제의(이제 아이와 그와 그녀는 다른 하나로 세어질 것이다)였다. 그러나 아버지의 행위는 확인사살과 같은 것이었기 때문이다. 그녀는 불면과 불안 속에서 여전히 하나로 세어질 테지만 아버지는 죽어서도 동일자의 손가락질을 멈추지 않을 것이다. 틀림없이 죽었어! 이를테면 "얼굴을 본 적도 없는 그 아이가 나는 낯설지 않았다." 그러나 아버지는 「이혼」의 그 아버지처럼 욕설을 내뱉을 것이다. "재수없게 울고 지랄이야."

48.

그런데 실은, 「새의 장례식」에 다른 제목을 붙여도 좋았을 것이다. 이를테면 마지막의 이런 장면.

단추를 다 채우고, 그와 나는 약속이나 한 듯 서로 눈빛을 나누었다. 허공의 한 지점에서 서로의 눈빛이 교차하던 찰나, 작고 흰 덩어리 같은 것이 새처럼 우리를 가르며 지나갔다. 나는 그것을 잡기 위해 얼떨결에 손을 내밀었고, 그것을 악수를 청하는 것으로 오해한 그가 손을 뻗어왔다.(152~153쪽)

두 사람의 손끝을 스쳐간 저 "흰 덩어리"를 새라고 불러도 좋을 것이다. 그렇다면 이 장면은 '새의 부활'이라 불러야 하지 않을까? 둘로 세어진 하나(이혼)가 아니라 하나로 세어진 둘(악수)에 대한 이야기가 아닌가? 물론 둘은 악수를 나누지 않고 헤어진다. 그가 바로 '나'이기 때문이다. '나'가 나와 화해하는 것은 동일자의 완력에 지나지 않는다. 그러나 손끝을 스쳐간 저 새는 다르다. 그녀는 이런 방식으로 다시 등장한다. 둘의 사이를 가로지르며.

49.

헤어지는 길에 '나'는 마지막으로 묻는다. 왜 그녀의 그림에는 아이와 그녀와 '나'만 있었던 것인가?

"그녀가 어째서 그쪽은 십자매의 장례식에 초대하지 않은 걸까요?"

"나는 기다리고 있겠지요."

"누굴……"

"십자매의 장례식을 치르고 돌아올 그녀를요."(153~154쪽)

이 아픈 이야기는 이렇게 분리와 분열 이후에 '다르게 세어진 하나'를 제시하면서 끝난다. 파국의 형식으로 가시화된 불가능한 사랑은 이렇게 사랑의 긴 그림자로, 불가능한 사랑의 가능한 흔적으로 다시 드러나면서 끝을 맺는다. 이렇게 말해도 좋겠다. 불가능한 사랑의 그림자는 가능한 그림자의 사랑이다. 작가는 이렇게 죽은 새를, 당신을, 어쩌면 작가 자신을 하얀 손으로 어루만진다. 나도 손을 내밀고 싶다. 그 손을 맞잡고 싶다.

작가의 말

해수욕장에서

지난여름 해수욕장에서 검은 수영복을 입은 소년을 보았습니다.

멀지 않은 곳에서 무명의 여가수가 노래를 부르고,

사주를 보는 노인이 냄비 모양의 비둘기 빛 모자 아래서 졸고 있었습니다.

물감처럼 고요한 바다를 보며 내년 여름에도 해수욕장에 올 수 있을까 생각했습니다. 검은 수영복을 입은 소년을 다시 만날 수 있을까.

내년 여름에도 그리고 내후년 여름에도 계속될 것 같았던 일들은 대개 그해 여름으로 끝나고 말았습니다.

세상에 계속되는 것은 없는지도 모르겠습니다. 계속되리라는 환幻만 있을 뿐.

(이름도 모르는 소년과 그의 가족에게 평화가 깃들기를 기도하는 마음으로 이 글을 씁니다.)

제 소설의 모자란 부분을 특별한 글로 채워주신 양윤의 선생님, 소설집을 위해 사계절 내내 애써주신 강윤정 선생님,

두 분께 비로소 감사를 전합니다.

2017년 가을

김숨

| 수록 작품 발표 지면 |

이혼 … 『문학동네』 2017년 봄호

읍산요금소 … 『한국문학』 2015년 가을호

새의 장례식 … 미발표

문학동네 소설집
당신의 신

1판 1쇄 2017년 10월 20일
1판 3쇄 2017년 11월 30일

지은이 김숨
펴낸이 염현숙
책임편집 강윤정 | 편집 김봉곤 김영수 김필균 | 모니터링 이희연
디자인 김현우 유현아 | 마케팅 정민호 박보람 우상욱
홍보 김희숙 김상만 이천희
제작 강신은 김동욱 임현식 | 제작처 한영문화사(인쇄) 경일제책사(제본)

펴낸곳 (주)문학동네
출판등록 1993년 10월 22일 제406-2003-000045호
주소 10881 경기도 파주시 회동길 210
전자우편 editor@munhak.com | 대표전화 031) 955-8888 | 팩스 031) 955-8855
문의전화 031) 955-3576(마케팅) 031) 955-2678(편집)
문학동네카페 http://cafe.naver.com/mhdn | 트위터 @munhakdongne

ISBN 978-89-546-4865-3 03810

* 이 도서의 국립중앙도서관 출판예정도서목록(CIP)은 서지정보유통지원시스템 홈페이지(http://seoji.nl.go.kr)와 국가자료공동목록시스템(http://www.nl.go.kr/kolisnet)에서 이용하실 수 있습니다.(CIP 제어번호: 2017025005)

www.munhak.com